Is de bhunadh Rann na Feirste Róise Ní Bhaoill. Tá
cónaí uirthi i mBéal Feirste, áit ar obair sí in earnáil
dheonach na Gaeilge. Shuigh sí ar go leor coistí agus
bord lena linn, agus tá sí ina Cathaoirleach ar Chiste
Craoltóireachta na Gaeilge faoi láthair. Is údar í ar
ábhar foghlama do dhaoine fásta agus do pháistí. Tá
filíocht i gcló léithe agus eagar curtha aici ar chnuas-
aigh éagsúla aistí agus ar ábhar béaloidis agus ealaíne.

Imram

agus scéalta eile

RÓISE NÍ BHAOILL

Imram agus scéalta eile

© Róise Ní Bhaoill 2022

An chéad chló
Éabhlóid, 2022

Gaoth Dobhair
Tír Chonaill
www.eabhloid.com

Cóipcheart © Éabhlóid 2022

Buíochas le Mícheál Ó Domhnaill.

Leagan amach agus clóchur: Caomhán Ó Scolaí
Dearadh clúdaigh: Caomhán Ó Scolaí

ISBN: 978-1-914482-03-8

Arna chlóbhualadh in Éirinn ag Johnswood Press Ltd.

Foras na Gaeilge

Tá Éabhlóid buíoch d'Fhoras na Gaeilge as tacaíocht airgeadais a chur ar fáil.

*Do Shorcha Dhonnchaidh Sheáin
ós í a chuir an chéad leabhar i mo lámh.*

Leath na Caillí

Chuala sé scéal scéil fán áit seo, ach má chuala féin, ní raibh sé ag dréim leis an rud a bhí roimhe. Bhí sé mar a bheadh an saol mór ansin ar an chéidh. Bhí fir as achan chearn den tír ann, fir as an choigríoch agus fir as tíortha iasachtacha an oirthir ar bheag a eolas orthu. Bhí an uile dhuine acu ag dingeadh suas i dtreo an bháid, mar a bheadh beathach mór amháin ann. Mheas sé gur éirigh manrán os a gcionn, dosdordán gan aithne ar chosúil le ceo paidreacha é. Go tobann, baineadh na cosa as faoi agus bhí sé ar iompar acu sa tsíorshiúl seo, é á phlúchadh ag seanbholadh milis an tslóigh. Bhuail laige é, mar a d'fháiscfeadh fear inteacht a mhisneach ina ghlaic, mar a dhéanfaí cuach dá neart is dá mheanma. Mheas sé dá dtitfeadh sé gur dóiche nach n-amharcfaí siar air, go mbeadh deireadh leis ansin ar an chéidh agus gan é ach i dtús a aistir. Ach go tobann, scaoil an beathach a ghreim agus lean sé air sa treo ina raibh a dhán anois.

Bhí fuadar agus giodam millteanach ar an bhád sin, nó bhí achan fhear ar a dhícheall ag lorg suí ar bith a dhéanfadh nead bheag don turas suas go Ceanada. Nuair a shocair siad, rinne na fir camchuairt an tsoithigh, cuid acu ciúin staidéartha, cuid acu critheaglach, iad uilig ar a dtréan faire. Thuig siad chomh maith leis féin go raibh siad ann a shuífeadh i mbun an fhir a bhí anbhann, fir a rachadh i ndeabhaidh leo, fir nach mbeadh moill orthu scian a tharraingt nó gunna a úsáid. Chuir siad a ndroim le balla nó bhí a fhios acu nár fhóir sé a bheith lag san áit seo a raibh daonnacht fear cnagtha ag fiabhras an óir.

Bhí go leor cainte idir na fir fán phraiseach a rinne na *Yanks*, nach raibh ord ná riail i bhfeidhm acu agus gur cailleadh go leor dá bharr. Mheas siad gur chun feabhais a rachadh cúrsaí nuair a gheobhadh siad thar theorainn Cheanada isteach, nó chuaigh iomrá na North West Mounted Police rompu. Dúradh nach mbeadh luí ag na *Mounties* le hainriail na *Yanks*, nach gcuirfeadh ruathair an óir anord ar Cheanada. Labhair siad fán dóigh ar leagadh síos go raibh ar gach *Stampeder* tonna fearais an duine a bheith leis, oiread trealaimh, trioc agus bídh agus a dhéanfadh a ghnoithe ar feadh bliana. Mheas lucht Cheanada go gcuirfeadh sin an saol ina cheart, nach leasófaí an talamh acusan le hallas ná fuil dhubh-eachtrannaigh an tsaoil.

Insíodh dó gurbh in Dyea a gheobhadh sé an trioc a bhí a dhíth air. Ní raibh ganntanas ar bith siopaí ar an bhaile sin a dhéanfadh freastal ar fhear a bhí ag dul suas go dtí an Yukon. Rinne sé turas an bhaile agus d'aithin sé go maith dá mbeadh an t-airgead ina ghlaic aige an uair sin, gurbh i measc aicme chraosach na siopadóirí a bhí an mhaoin le saothrú, seachas ar mhachairí maslacha an óir. Bhí liosta i bhfuinneog gach siopa den trealamh a ba cheart a bheith le duine agus tuairim ag gach fear ar casadh dó den trioc a dhéanfadh a bhás nó a bheatha. Bhí oiread céille aige agus nach i muinín na bhfear nár leag cos ariamh sa Klondike a chuaigh seisean. Lorg sé comhairle na bhfear a chaith tréimhse thuas, fir a raibh a shliocht orthu. D'iarr siad air gan a bheith ainniseach fá rud ar bith. Thagair siad don gheimhreadh fhada agus don fhuacht thíoránta a bhí thuas ansin. D'agair siad air a sheacht sáith bídh a bheith leis agus thar aon rud eile, éadach breá te agus péire maith de bhróga troma. Rachadh fear i bhfad le péire maith bróg a dúirt siad. Mhol siad dó, má bhí airgead ann chuige, cúpla punta siúcra a bheith leis, nó nach gcreidfeadh sé an t-airgead a bheadh le gnóthú as thuas. Ach oiread leis an tsaol mhór, bhí cíocras na milseachta ar mhuintir an Yukon.

Bhí sé tamall ag cur an lasta a bhí le bheith suas leis i gceann a chéile, an mhuiceoil shaillte agus an mhairteoil thirim, an t-im agus an plúr, an salann agus an tae. Bhí a phaca lán trioc d'achan chineál, idir spád agus phioc, thuath agus sluasaid, sceana agus snáthaid mhairnéalaigh, gan a bheith ag trácht ar an phuball agus na plaincéadaí. Anuas orthu sin, bhí an raidhfil agus cúpla lón lámhaigh. Bhí sé ag creathnú roimh dheireadh an trioc sin a thabhairt suas an Chilkoot Pass agus as sin suas go mbeadh sé i mbaile Dawson.

Chuala sé iomrá ar an Chilkoot Pass agus mheas sé minic go leor, gur ag déanamh áibhéile a bhíodh an dream a rinne seanchas air roimhe seo. Ach thuig sé, agus é ina sheasamh ag amharc suas air anois, gur dhoiligh d'fhear ar bith focla a chuir ar ghile nimhneach na háite sin. Ní raibh easrach sléibhe ann ná crann ná caora féin. Ní raibh ann ach na fir a bhí á n-ullmhú féin le dhul suas, iad mar a bheadh pláighe ghnoitheach míolta ar chraiceann amh an tsléibhe. Chonaic sé cuid de na fir agus na cloigne siar acu, iad uilig ag amharc suas i dtreo an chosáin chúng a bhí rompu. Bhí sé ar rud chomh crochta agus a chonaic fear ar bith ariamh. D'amharc sé ar an ribín dubh fear a bhí ag dul as radharc suas an gleann cúng geal sin, na céadta fear ar aon tointe amháin agus an uile fhear acu crom ag a ualach uaigneach féin.

B'obair mhaslach an paca a iompar suas an cosán sin. Bhí míle go leith céim roimhe a gearradh as an tsneachta agus as an tsiocán, agus gan mórán níos mó ná leithead fir i gceann ar bith acu. Ba iad na Golden Stairs a tugadh orthu agus ba iad a scal an croí aige. Bhí corrlá ar mheas sé gur mhothaigh sé taibhse an mheáchain sin go fóill, agus chuimil sé a ghualainn amhail agus dá mbeadh irsteacha an phaca ina luí air ar fad. Bhíodh laetha ann a raibh a chuid lámh chomh bodhar sin nár fhéad sé cuid rópaí a phaca a cheangal ná a scaoileadh. Ba í a cholainn a choigil na cuimhní sin anois.

Is iomaí rud faoin Chilkoot Pass nach ligfeadh a chorp ná a anam chun dearmaid, na trí scór fear a plúchadh ag maidhm shneachta ar Dhomhnach na Slat; gan trácht ar na fir a chonaic sé agus a n-aghaidheanna dóite ag an tsiocán, gach corp acu chomh righin le clár adhmaid; cnámharlaigh na mbeathach agus na madaí agus iad á scileadh ag séan agus síon. Ní raibh ach an t-aon dream amháin a raibh sainaithne acu ar an áit agus ba iad sin na Tlingit, treabh a mhair sa dúiche sin leis na cianta, fir bheaga ísle thoirteacha a rinne eolas an bhealaigh isteach go críocha iasachtacha Alasca don uile choimhthíoch a tháinig a mbealach. Ní chreidfeadh duine an meáchan a bhí siad in inmhe a iompar, iris fá chlár an éadain acu agus ualach dhá chéad punta meáchain ar an droim acu. Ba acusan a bhí an dubheolas agus an seanchleachtadh ar an Chilkoot Pass. Tháinig an Chríostaíocht mall sa tsaol chucu agus choinnigh siad an Domhnach chomh daingean sin go measfadh duine gurbh Ifreann thíos acu á chailleadh. Ba bheag tionchair a d'imir an Domhnach ar na fir eile, ach ansin bhí sé mar a bheadh siadsan ag amharc síos isteach i gcraos Ifrinn gach lá dá seasamh. Ba bheag á n-airdsean ar Aifreann abhus anseo.

Rith sé leis gur dóiche go raibh déithe eile ag na Tlingit, mar a bhí acu féin lá den tsaol. Tháinig leis go mbeadh scéal acu fá dhéanamh na gcnoc agus an tírdhreacha seo, go mbeadh fathaigh agus laochra acu a shiúil an talamh seo, iad ag caitheamh béimeanna agus ag cur naimhde go dtí na hioscaidí sa talamh. An mbeadh seandream na Tlingit ag seanchas ar Leath na Caillí, iad ag agar uirthi a casúr a chaitheamh siar faoin chuileann agus a cheann a ligean le leath an tsolais?

Ach lean réim na Caillí agus chuaigh an fuacht agus an sneachta sin go croí ag cuid de na fir, agus sháraigh orthu an Chilkoot Pass a thógáil. Chaith siad suas deireadh, iad ag tabhairt aghaidh ar thalamh nó áit nach siocfadh an smior sna cnámha acu. Chonacthas dó corruair gur mhaith mar a rinne siad, nó ba bheag nach as deis a chéile a thigfeadh cruatan san áit iargúlta seo.

Bhí sé féin chomh cnagtha le fear ar bith acu, nuair a bhí an bearnas mallaithe sin tógtha aige. Smaointigh sé ar an fhaoiseamh a fuair seisean agus na fir eile, nuair a chonaic siad an talamh ag dul síos uathu i dtreo Loch Lindeman. Agus cé gurbh éadóiche é, chuir radharc na locha spriolladh úr ann. Bhí rud inteacht fán ghleadhradh agus fán ghreadhain a bhí thíos a chuir an fhuil ina rith ann athuair. B'iontach go deo radharc an champa sin. Bhí a lorg fágtha ag an ruathar ar an áit. Bhí na coillte ar bhruach na locha ar lár agus na céadta fear ag siúl i measc chonlach na gcrann, gach fear acu agus cuma air nach raibh air a iúl ach a chuid oibre féin. Bhí tinte beaga reannacha lasta ann agus na céadta puball ina gcuar leathan fá bhruach na locha. Bhí trup agus tormán ann a bhainfeadh na cluasa do dhuine, buillí casúr, seánna, fir ag búirthigh os cionn an racáin. I ndiaidh an Chilkoot, ba é an saol féin aige é.

Bhí an uile fhear ag fuireach leis an choscairt a

chuirfeadh an Yukon chun siúil arís, buíonta acu ag saothrú adhmaid agus ag tógáil bád a bhéarfadh suas i dtreo Dawson City agus thailte an óir iad. Thit an croí aige nuair a chonaic sé na soithí sin a raibh saol agus beo gach fir ag brath orthu, cuid mhaith acu tógtha ag fir ar bheag a gciall d'fharraige nó d'uisce. Ní raibh na *Mounties* dall ar an chontúirt, nó chláraigh siad gach soitheach agus gach pearsa ar bord, sa dóigh is go bhféadfaí ainm a chur leo nuair a dhéanfadh fánsruthanna an Yukon clárthaí de na sealbháid seo agus chaithfí suas ar bhruach coimhthíoch iad.

Ba mhillteanach an buille acu é nuair a shroich siad críocha an óir sa deireadh thiar thall, nó tuigeadh daofa go raibh gach mac máthara ann rompu, gurbh ar an darna ruathar a bhí siadsan. Ach rinne siad mar a rinneadh minic go leor roimhe sin, shlog siad siar an gonc díomais, agus scaip agus scar gach fear ar thóir a chinniúna féin. Is iomaí uair a smaointigh sé nárbh ionann an saol a chaith siadsan agus an amaidí a bhí canta sna páipéir fán áit seo. Shílfeadh duine óna gcuntas nach raibh saothar mór ar bith i ngiollacht an óir, nach raibh ag fear ach a chrág a sháitheadh sa talamh agus go mbeadh lán doirn aníos leis. Ní raibh cuntas iontu ar an tuirse mharfach a shiúil leis an áit ná ar an dóigh ar chodlaigh fir ina gceirteacha, go maith minic ar a mbonnaí agus a ndroim le cibé taca a tháinig leo. Níor thrácht siad ar na hoícheanta ar chlis fir as a gcodladh, a gcroíthe ina mbéal agus iad ag iarraidh déanamh amach an neach saolta nó beathach allta a bhí

17

ag siortú thart fán phuball acu. Níor luaigh siad nach raibh fear amháin féin nár loic an croí air uair nó dhó san áit iargúlta seo a raibh duine ag coimhlint leis an aimsir gach lá dá dtáinig.

Nuair a fuair sé suas go baile Dawson, b'fhíor nach raibh léamh ná scríobh le déanamh ar an áit. Ní fhaca sé a leithéid lena sholas. I lár an lábáin, an cháidheadais agus an fhliuchrais, bhí leathchéad tithe lóiste, daichead tábhairne, agus creid é nó ná creid, teach *opera*. Bhí solas leictreach ar an phríomhshráid agus dhá ghrúdlann, ach ní raibh de rian na heaglaise ar an bhaile, ach teach pobail Meitidisteach amháin. Bhí luach saothair lae idir dollar agus deich ndollar le déanamh, ag brath cé acu a fuair fear gnáthlá oibre nó fuair sé isteach leis na Klondike Kings, na fir a raibh an t-airgead mór déanta acu. Ba iadsan a bhí le feiceáil sna tábhairní ag ól buidéil seaimpéin a chosain seasca dollar, nó ní tháinig an cruatan i ndiaidh an chaite chucusan. Ba é sin mar a bhí ar an bhaile seo. Bhí fir ann a raibh a n-iarraidh acu, ní raibh ann ach an t-ór a chur síos. Bhí luach ar an uile rud agus ba bheag rud nárbh fhéidir a cheannacht. Bhí aicmí ar an bhaile seo cosúil le baile ar bith eile, ach gur ar an chloch chruaidh bhuí a tógadh iad seachas ar oidhreacht nó ar léann. Ní raibh sé féin ar an aicme ab ísle acu, ach bhí sé ar dhuine den dream a shaothraigh ó dhubh go dubh, é ag súil an uile lá leis an chliseadh sin a chuirfeadh malairt de chruth ar a shaol.

Gan amhras, bhí an áit sna beanna ag an mhaoin a

saothraíodh sna faichí óir. Is ann a bhí bómáin agus bromaistíní a sáith, fir nach raibh ina gciall cheart. Bhí cearrbhachas agus ólachán ann, fiántas agus fiabhras, collaíocht agus saint. Bhí a raibh de dhuáilcí dár smaointigh an duine ariamh orthu san áit seo agus tuilleadh lena gcois. Bhí daoine á luchtú féin ar an uile chineál, agus ar an uile dhóigh, agus bhí rudaí le feiceáil ann nár fhéad sé focla a chur orthu. Ní saol é a ndéanfadh sé cuntas air don chailín bhog chaoin a bhí ag fanacht leis sa bhaile, ag fanacht le scéal, ag fanacht leis pilleadh ar an tsaol sin le próca beag óir a thógfadh teach agus a chuirfeadh bun maith faoina saol le chéile. Bhí uair ann ar mheas sé nach leigheasfaí an eang a ghearr an chumhaidh ina chroí. Smaointigh sé ar na hoícheanta sin ar shuigh sé i measc a chuid daoine, ar an chomhrá agus na focla sin a bhí trom le ciall, ar an teangaidh a d'iompair scéal a mhuintire ariamh anall. Smaointigh sé ar an dóigh ar shantaigh sé oíche léithe sa lag sin ar chúl an tí, san áit sin a raibh an foscadh, san áit a gcluinfeadh duine glaim na farraige ag teacht chuige ar an chiúnas, é chomh domhain sin is go gcuirfeadh sé an fhuil ag bogchrith ann. Ach bhí bearna ag fás idir é agus an saol sin, idir an glas-stócach a d'fhág an baile agus gan de rún aige ach pilleadh, agus an fear tuartha seo nár mhór aige dadaidh i dtír seo an óir. Ní raibh sé d'éadan air an méid sin a chur i litir chun an bhaile. Bhí a fhios aige anois gur san áit seo a mhairfeadh seisean go mbeirfeadh saol inteacht eile air. Lig sé uaidh an peann agus líon sé a ghloine.

.

Imram

Ní raibh pighinn rua i mo phóca agus mé ag deireadh mo chamchuairte. Bhí orm a dhul i muinín an bhus oíche agus cé nach raibh mé ag tnúth leis ar dhóigh amháin ná ar dhóigh eile, mheas mé go leanfadh an codladh an tuirse agus gur i mo chnap codlata a bheinn chomh luath agus a shuífinn siar. Ach codladh ní tháinig nó bhí a chuid cainte i mo chuid cluas go fóill.

Bhí cuntas caillte agam ar na daoine a rinne iarracht suí i mo bhun ó thosaigh mé ag taisteal agus nuair a shuigh seisean romham sa chaifé i stáisiún na mbusanna, mheas mé gur fear acu sin é. Shuigh mé siar uaidh agus bheir mé greim níos daingne ar mo mhála, mé ag súil leis an tseanliodán thruacánta chéanna a mheallfadh pighinn asam, nó le hachainí dhoshéanta a raibh faobhar maith curtha ag an chleachtadh uirthi.

Ní raibh mé ar mo shuaimhneas nó ní raibh a fhios agam cén cleas a bhí aige. Bhain mé leabhar as mo mhála a dhéanfadh crí de chineál éigin idir mé agus é. Shuigh seisean leis ansin, é ag déanamh neamhiontais domh agus a aghaidh leis an fhuinneog mar a bheadh sé ag amharc i bhfad uaidh. Rinne mise iarracht m'iúl a choinneáil ar mo chuid léitheoireachta, ach ní raibh maith domh ann, ní raibh mé ach ag pilleadh arís agus arís eile ar an alt amháin. Ba é sin mar a shuigh muid beirt fada go leor agus gan focal as ceachtar againn. Mheas mise nach dtiocfadh am mo bhus leath luath go leor. Ach thiontaigh sé i mo threo sa deireadh agus ba é sin an uair ar rith sruth cainte leis.

"D'athraigh sé mar sin!" a dúirt sé, agus smeach sé an dá mhéar ar a chéile. Rith na focla leis mar a scaoilfí as béal gunna iad.

"Ní chreidfinn ó bhéal eile é, ach bhí mise mé féin ann. Chonaic mé teacht na bhfear sin nach raibh ár dteanga ar a dtoil acu. Chonaic mé teacht an dreama nach raibh de chumann eatarthu ach tréanas a gcreidimh. Bhí mé ann nuair a tháinig an slua a raibh a ngáir amuigh agus ar leor daofa na cúpla focal. Ach ansin," ar seisean agus é ag amharc orm, "ní minic an chumarsáid mar chomrádaí ag an lámh láidir."

Bhí sé mar a bheadh eagla air stad, mar a bheadh eagla air dá gcuirfí bac air nach bhfaigheadh sé a chuid a rá. Bhí a chuid cainte chomh fuinte sin gur rith sé liom gur chleacht sé an méid a dúirt sé. Ba dhoiligh liom a rá an raibh fianaithe a chuaigh romhamsa, nó an ag baint macalla as a chloigeann uaigneach féin a bhí sé. Rinne sé gáire dóite ansin agus dúirt sé: "Bhí mise mé féin réasúnta i dtús ama. Ba é an ceann seachas an croí a labhair an uair sin," agus leag sé a mhéar ar a cheann agus a chroí faoi seach. "Roimh theacht bhruithnisc na mbratach, ba mé a ba ghlóraí in éadan úsáid na bhfocal gránna sin, 'pláighe' agus 'tuillte', na focla céanna a chantar le mo leithéid féin inniu. Ach creid mise nuair a deirim gur fhóir an focal 'pláighe', nach raibh focal ní b'fhearr ná é." Chroith sé a cheann agus dúirt sé gurbh é an dúthruaighe é gur rith an phláighe sin ar a bhaile bán féin.

Luigh a chuid súl orm. Bhí déineas súite iontu ar dhoiligh liom coinneáil leo. Baineadh an chaint díom. Chuaigh seisean i mbearnas an tosta agus d'fhiafraigh sé díom cárbh as mé. D'inis mise dó agus rinne mé an achoimre sin a rinne mé go mion minic, cuid buanna na tíre, ár n-oidhreacht ghlórmhar, iad á múnlú agus á ngiorrú de réir mar a chonaic mé an ceo ar na súile ag an té a bhí romham. Ach cheistigh seisean mé agus chan le haineolas ná le bogthuigbheáil a rinneadh é. Níor thóg sé an gnoithe fá muid "tarraingt le chéile" ná dearmad a dhéanamh ar "amaidí an chreidimh", oiread agus dá mba é sin an réiteach ar an uile fhadhb. Níor thóg, nó níor ghá dó é, nó b'aigesean a bhí an tuigbheáil agus an cleachtadh ar nádúr na cumhachta leis sin.

Tháinig an méid a dúirt sé liom ar ais chugam ina mbabhtaí. "Tuigeann do leithéid dáimh áite," ar seisean, "chan an uile dhuine a thuigeann sin, is ionann acu cathair amháin agus cathair eile, saor- agus síorshiúltóirí an tsaoil." Thost sé buille agus ní raibh mise cinnte an ag spochadh asam nó do mo mhóradh a bhí sé. "Tuigeann tusa nach ionann cuisle chuile chathair. Tuigeann tú an muintearas agus an cine, an dúghaol a shiúlann le ham agus le haimsir, an téad nach mbriseann. Shíl mise gur thuig mé sin fosta," a dúirt sé agus é ag méaradradh leis ar ghrabhar siúcra a luí ar an tábla roimhe.

"Pillfidh tusa ar do bhaile féin agus is cuma cén siúl atá déanta agat, beidh do chroí in áit chónaithe arís. Nach méanar duit é?" ar seisean. "Cronaím uaim an baile. Is fánach na rudaí a thig chun cuimhne na laetha seo, na fir ina suí amuigh ar an Aoine ag cur agus ag cúiteamh, agus ag sú tobac, na mná ag dul i mbun a ngnoithe i neamhchead d'aon duine. Mo chomharsain ag beannú domh agus stair mo mhuintire mar ungadh ag gach beannacht bheo acu sin."

D'amharc sé orm bomaite sular shín sé siar a cheann, caol a bhráide ar ais aige mar a bheadh sé á tairgbheáil don tsaol mhór. Mhothaigh mé a chumhaidh. Bhí sí crochta ina fallaing thais air. Bhí fonn orm lámh shólásach a leagan air, ach bhí eagla orm dá ndéanfainn go mbrisfinn an geas.

"Bhuel," ar seisean sa deireadh, "chan rún ar bith é. Tá ord úr i réim ar bhaile s'againne, ord a chuir an eagla go smúsach sna daoine. Creid mise, nach bréag ar bith é nuair a deirim go raibh bunadh an bhaile ag siúl thart mar a bhainfí néal astu, na cloigne crom acu, oiread is dá gcuirfeadh sin as radharc namhad iad. Nár dheas an rud é?" ar seisean de gháire sceite agus lean sé air.

"Is maith mo chuimhne ar an lá ar chuala mé an fógra

ar na callairí," ar sé, "ar an ghléasra sin nár iompair ach glaoch chun urnaí roimh a dteacht, comhartha caoin ar chasadh an lae nach raibh bagairt ariamh ann. D'ordaigh guth borb dúinn a dhul chun na hotharlainne. Theann an croí i m'ucht nó bhí eolas agam ar an áit, a bhuíochas sin do na ruathair rialta ón aer." Thuairiscigh sé gur mharaigh ruathar acu sin a aintín, agus gur san otharlann sin a tháinig sé uirthi, agus í teannta i mbraillín gheal. "D'aithin mé ó na biolair fola a bhreac an ghile sin gurbh é an srapnal a mharaigh í. Bhí sé mar a scríobhfadh duine inteacht scéal an áir ar a corp," ar seisean.

Bhí fonn orm a rá leis an uair sin nach le mo thoilse a tharla a leithéid, nach i m'ainmse a rinneadh é, ach níor labhair mé, nó tuigeadh domh gur braon i bhfarraige é, nár leor é, gur rabharta a bhí uainn. Lean seisean leis ag caint. Dúirt sé go raibh lucht na bhféasóg rompu san otharlann an lá sin fosta, gur threoraigh gob a ngunnaí isteach i seomra iad, áit a raibh na mairbh caite suas ar tháblaí agus ar thralaithe gan urraim ná cúram.

"Chuaigh muid ó dhuine go duine gan focal a rá," ar seisean. "Ar ámharaí an tsaoil, mheasfá gur scuaine páistí scoile muid ag triall ar ár lón. Bhog muid linn agus gan de thuar ann gur aithin fear duine de na mairbh, ach snag beag anois agus arís inár ngluaiseacht, nó bhí ciall cheannaithe againn anois agus thuig muid cár luigh ár leas."

Stad sé tamall ansin agus bhain sé ciarsúr as a phóca. Chuimil sé an t-éadan aige féin agus shuigh sé siar isteach sa chathaoir, é ag úthairt leis ar ruball an chiarsúir.

"Chonaic mise uaim cloigeann ciardhubh mo charad," a dúirt sé. "Chonaic mé an peann ina phóca brollaigh mar a bhíodh i gcónaí, ach go raibh an dúch anois ag bláthú ar a ucht. Chonaic mé na súile sin a bhí lán meidhir agus fiosrachta lá agus iad anois marbh ina cheann. Chonaic mé an poll gágach os cionn na cluaise aige agus shiúil mé liom. An dtuigeann tú?" ar seisean agus é ag amharc idir an dá shúil orm, "Shiúil mise liom."

Agus cé go raibh sé ag dúil liom labhairt, bhí mo bhéal ramhar agus focal níor labhair mé. Ní raibh a fhios agam an milleán nó maithiúnas a bhí uaidh.

"Mothaím sin anseo go fóill," ar seisean agus buaileann sé a ucht lena dhorn mar a bheadh sé ag déanamh gníomh dóláis. Mheas mé, agus mé ag amharc air, go raibh sé ar ais sa tseomra sin a bhí trom le boladh na fola, gur mhothaigh sé ar a theangaidh é, gur chigil sé cúl an sceadamáin aige. Lean sé leis ag trácht ar an lá sin agus níor mheas mé dá ndéanfainn iarracht go bhféadfainn bac a chur air.

"Bhí an choimhlint ag riastradh sna putógaí againn, an choimhlint sin idir do dhuine féin a aithint agus tú féin a chosaint, an choimhlint idir an domhan mar atá agus an cur i gcéill. Fágadh muid sa riocht is nach raibh de rogha againn ach imeacht linn agus an straidhn feirge a bhí ag brúchtaigh inár lár a shlogadh d'alp. Sin agat margadh bradach na beatha," ar seisean go lom.

Dúirt sé nár labhair sé ar an eachtra ina láthair oibre nó gur riar an eagla a iompar, gur chaith sé an t-éideadh a bhí ón réimeas úr, a chuid brístí go díreach os cionn na murnán aige, a fhéasóg ag sileadh lena ucht. Ghoill sin go lár air, ach mhothaigh sé go raibh a chosaint san iompar sin.

Chuaigh a dhá lámh i dtreo a chuid súl agus luigh barr na méar ar na mogaill mar a bheadh sé ag coinneáil rud inteacht istigh. Sa deireadh, thóg sé na lámha gur fháisc sé ina chéile faoina smigead iad. Ba é sin an uair ar fhiafraigh sé díom an raibh mo mháthair beo? Bhain sé de mo léim mé, nó cé go raibh, bhí sí ag éileamh agus bhí a fhios agam gur cheart domh a dhul ar cuairt chuici níos minice.

"Tá mo mháthair féin lán cuideachta," a dúirt sé agus taibhse de gháire ar a bhéal. "Ar chúis inteacht, bím ag smaointiú go minic anois ar a seomra fuála, áit a bhíodh ag ceol le gáirí geala ban tráth den tsaol, seomra a rinne crí leis an gharraí inmheánach i dtigh s'againne. Ar thaobh amháin den tseomra, bhí tábla fada ar a leagfadh sí amach boltaí éadaigh. Lena thaobh sin, bhí bocsa galánta adhmaid ar a raibh sé dhrár, gach ceann acu ag broidearnaigh le seodra agus cnaipí a dhéanfadh maisiú ar chultacha ban. Nuair a bhí mé óg agus soineanta, féadaim a rá, bhraith mé agus mé ag amharc orthu ag faiteadh is ag lonrú, gurbh iad mo thaisce bheag féin iad." Dúirt sé nach n-iarrfadh sé athrach ach suí agus amharc uirthi i mbun oibre, a cuid méar caol cumtha ag cur gach rud in ord, dathanna na mboltaí leagtha amach aici mar a bheadh tuar ceatha ann.

"Agus shiúlfainn féin fad an tábla sin," ar seisean. "Mé ag méaradradh ar an éadach go ndéarfadh mo mháthair, 'Tá súil agam go bhfuil na lámha sin glan, a mhic?' sula gcuirfeadh sí an ruaig orm le haoibh."

Thrácht sé ar an dóigh a n-ólfadh na mná tae, iad ag ithe greimeannaí beaga agus ag comhrá a fhad agus a scaoilfeadh a mháthair cúpla slat as gach bolta éadaigh go ndéanfadh bean inteacht a rogha. Bhí leabhar beag aici ina raibh miosúir, cuntas ar an dóigh ar shín nó ar chnap gach bean acu ón óige sheang go dtí an aois sheargtha. "Nuair a bheadh culaith réidh," a dúirt sé, "chrochfaí i seomra na fuála é go bpillfeadh bean le toirt is brí a chur i ndéantús mo mháthara. Dá bhfeicfeadh na mná mé agus iad ag fágáil an tí i ndiaidh cuairte, bheirfeadh siad greim pluice orm agus chuirfeadh siad bonn i gcroí mo bhoise, ag rá gur dhraoi í mo mháthair. Bíodh a fhios agat go raibh mé leath i ngrá leo uilig," ar seisean agus é ag cuimilt a phluice.

Dúirt sé nárbh ionann an saol acu anois, go raibh sé mar a bheadh an mheánaois sa mhullach orthu. "Maireann muid i saol ina ndéantar namhaid do dhuine ar iompú boise," ar seisean. "Nach bhfaca tú an chreach a rinneadh agus tú i do shuí ar do shócúl os comhair na teilifíse. B'fhéidir gur mhill sé an goile agat agus dhá b'fhéidir déag nár mhill, ach ba é an saol agamsa é ar feadh fada go leor. Ach, ar ndóigh, ní fhaca tusa a leath.

Ní fhaca tú an corp gan chloigeann. Níor chuala tú an fhuaim a ghní fear nuair a bhaintear an lámh de, ná an sceon i súil mná sula ligtear cith cloch anuas uirthi. Chuaigh sé go log an ghoile againn. Fágadh muid sa dóigh is nach raibh ar ár n-iúl ach mairstean. Ba bhocht an saol é nuair nárbh fhéidir le fear a dhul i muinín an fhocail labhartha, gur ghá dó a dhul faoi chraiceann an fhocail leis an ní nár dúradh a aithint."

Dúirt sé gur shíl sé go n-éireodh na daoine ina gcoinne, ach gurbh é an fhírinne é go raibh fir ar a aithne a chuaigh leo, fir a sheas leis roimhe seo ag agóid in éadan an Stáit, fir a thug le tuigbheáil dó nach ag soiscéalaíocht ar an uaigneas a bhí sé. "Chonaic mé iad ag siúl na sráide," ar seisean agus samhnas air, "iad séidte ag an stádas úr seo a bronnadh orthu. Mheas siad go raibh ómós na ndaoine a thuilleamh acu, ach ba é an imeagla a ghin é. Bhí an deilín amháin againn uilig san am, 'tiocfaidh lá a mbreithiúnais,' a déarfadh muid. 'Amach anseo,' a déarfadh muid."

Cé gur fhulaing siad an uile tharcaisne, d'inis sé domh gur chas an saol leis agus nach raibh sé de shó acu aird a chur sa rud a bhí iontach a thuilleadh. Dúirt sé go raibh tírdhreach a óige slogtha ag an ár agus nach raibh an bhrí iontu a chanstan chun beatha a thuilleadh, nár cuireadh iontas san fhoirgneamh mhantach, sna slodáin san áit ar sceith píopaí uisce, sna cáblaí ag lúbarnaigh agus drithleoga tintrí ar a ngob acu.

"Is cuimhin liom an oíche dheireanach sin," a deir sé.

"Chím go fóill an ghrian agus í méadaithe ag ceo na buamála, í ag déanamh a bealaigh righin réidh go hír na spéire, mar a bheadh meall mór fola ann."

Bhog mé féin ar mo chathaoir, ach arís, ní raibh a fhios agam caidé a déarfainn. Ba dhoiligh tuigbheáil cén dóigh a mairfeadh duine sa tsaol sin ina raibh an inchinn síorfhaireach agus é ina rith ar a thréandícheall mairstean lá eile.

"Nuair a thagaim chun an bhaile," a deir sé, "ní amharcann na mná i mo threo, ach ní cheileann a bhfuadar an faoiseamh atá orthu gur mhair mise lá eile. Tá mo chuid páistí ar an urlár agus iad ag imirt le páipéar agus bocsa crián daite. Téim ar mo ghlúine agus chím go bhfuil an páipéar breac le pictiúireacha, agus iad trom leis an dath dubh agus dearg. Is beag nach scoilteann an croí i m'ucht, agus bheir sé dá bhfuil d'urradh i mo chorp gan beirstean ar na pictiúireacha sin agus iad a sháthadh siar i gcraos na teineadh. Ach tá sé ag téarnamh ar am luí agus ní dhéanaim ach an ghruaig a gharbhadh acu agus iad a mholadh. Druideann siad a dhá súil agus éiríonn na guailneacha acu bomaite le tréan pléisiúir."

Nuair a d'fhoscail sé a chuid súl féin arís, labhair sé. "Bhí mé ceapaithe i saol seallóg agus bogbhréag anois. D'éirigh idir mé agus mo bhean, an bhean sin a raibh mé chomh doirte sin díthe. Chuir mé an oiread sin rudaí ina leith," ar seisean agus a cheann á chroitheadh aige. "Bhí mé ramhar sa réasún agus géar sa teangaidh. Ba agamsa a bhí an ceart. Ba agam a bhí an chiall. Chaill mé foighid léithe, leis an dóigh ar fhulaing sí an saol seo mar a bheadh sé dlite ag Dia dúinn. Ach ansin, cé a dhéanfadh breithiúnas uirthi? Nár chuala sí fá na smuglálaithe, fá na daoine a cailleadh ar farraige, fá thíortha bogásacha na hEorpa nach raibh iarraidh orainn iontu. Ní raibh gar domh a bheith ag caint léithe. Ní raibh bogadh le déanamh uirthi. Bhí scáil imní ar na súile sin a gcaillfí fear iontu tráth."

Shuigh sé siar sa chathaoir agus é ag amharc síos ar a chuid lámh. "Rinne mé mo chuid socruithe ar an tsuaimhneas," ar seisean. "Rinne mé an t-imram baoth-dhána a rinne go leor chomh maith liom. Chaith mé an phighinn dheireanach agus b'éigean domh a dhul i muinín fear nárbh fhiú faic an focal ina bpluc, fir a chuir in iúl domh gurbh fhearr teitheadh maith ná drochsheasamh, gurbh fhearr éalú ná a bheith ag faire an bháis. Bhí mé ar crith i mo chraiceann agus ba é an t-iontas é gur mhair mé. Ní mian liom an scéal a righniú, tá do sháith cluinste agat fána leithéid leis seo. Má tá íomhá a tharraing suntas, chonaic tú é chomh maith le duine, an corp beag báite i mbaclainn garda mar a bheadh Pieta leathbhruite ann. Thuill sin aird. Tamall," ar seisean. "Ach an cuimhin leat a ainm anois?" agus d'amharc sé amach as faoina chuid súl orm.

Ba leasc liom a admháil nach raibh barúil agam. Ba náir liom gur dóiche gur mheas seisean gur ag innilt ar pholaitíocht an uafáis nó ag gliúcaíocht ar thurasóir-eacht an bhochtanais a bhí mo leithéidse, nach raibh uainn ach scéal le breith chun an bhaile linn le haithris os cionn pionta.

"Is mairg liom nach bhfuil mé chomh bodhar agus a bhí mé ag an chogadh tráth, sa dóigh is gurbh fhéidir liom saol seo na saoirse a fhuilstean," ar seisean agus thóg sé a cheann agus leag sé na súile stánaithe sin orm.

"'Bhfuil a fhios agat gur éirigh mise mar a bheadh gadaí i lár na hoíche ann. D'éirigh mé, agus d'éalaigh mé, agus ní thug mé liom iad." Chíonn sé go bhfuil seasamh i mo chuid súl agus b'fhéidir gurbh é sin a bhí uaidh, a náire a ligean leis an strainséir. Nuair a labhrann sé arís, tá crith beag ina ghlór. "Tá tú á mhuirliú anois," ar sé, "ag rá leat féin an bua nó teip é, caithréim nó cailliúint?" Ach brisimse an geas nó beireann sé orm ag seall amhairc ar m'uaireadóir. Ar an toirt, tá sé ina sheasamh agus cé go bhfuil am imeachta buailte liomsa, cuirim fiche scrios orm féin. Tá a dhroim liom anois, ach measaim gur chuala mé é ag rá de bhogchogar, "Nach sin í an cheist?" sular éalaigh sé leis amach faoin ghealach gheal sin nach raibh teitheadh uaithi.

An Dubh ina Bhán

Cha raibh uaithi ariamh ach stad a chur sa tsiúl ag duine, rith mearaí a chur le croí inteacht. Ba mhaith a ba chuimhin léithe an chéad lá a chonaic sí é. Ba doiligh gan sonrú a chur ann agus cha raibh sí ina haonar sa mhéid sin. Ba bheag bean sa leabharlann nach raibh súil aici don fhear ard dea-chumtha sin a raibh siúl socair scaoilte leis. Ba bheag duine acu nár chuir suntas sa ghruaig chatach dhubh a lí baic an mhuineáil aige. Ba bheag bean acu a dhiúltódh do ghlaise na súl sin.

Bhíodh sé ag teacht agus ag imeacht go minic, agus cé gur obair sise sa leabharlann lá i ndiaidh lae, níor lig sé air gurbh ann di i dtús ama. Char thuig sí an uair sin gur cuid dá chleas, an neamhiontas agus an neamhaird, gur ag cur faobhair ar an fhiosracht agus ag géarú suime a bhí sé. Bhí sí chomh dall sin ag a dúil an uair sin, nár rith sé léithe iontas a chur ina iompar. Is ag tnúth leis na hócáidí beaga sin a mbíodh sé ag an deasc eisithe ina cuideachta nó ag siortú fríd na seilfeanna ina haice a bhíodh sí. Níor rith sé léithe an uair sin nach raibh ann uilig ach gothaí tosaigh na seilge, gaiste cliste inar leag sí cos fhonnmhar. Is uirthi a bhí an deargshamhnas anois gur fhéad cuimhní ar na laetha tosaigh sin an fhuil a théamh aici go fóill, gur fheall a corp uirthi, gur mhair an choimhlint idir an grá agus an ghráin, fiú i bhfianaise a raibh déanta aige.

Déarfadh sé go minic gur den chinniúint á dteacht le chéile. Ba é an rud nach raibh ráite, ach a bhí maíte, gurbh airsean a bhí an ráchairt agus gurbh uirthise a bhí an t-ádh. Char chuir sí suas don léamh sin i dtús ama, nó ba mhilis léi a beo na laetha sin. Bhí lúcháir uirthi nuair a chuaigh sé ina haraicis i ndiaidh a cuid oibre, nuair a ghlaoigh sé uirthi uair nó dhó sa lá. Bhí lúcháir uirthi gur aithin a comhghleacaithe chomh cúramach is a bhí sí aige. Bhain sí sásamh nach beag as an éad a bhí orthu léithe.

Ní raibh siad ag dul le chéile trí mhí féin nuair a d'iarr sé a dhul a chónaí léithe, ar a breithlá mar a tharlaigh. Shíl sí gur sna flaithis thuas a bhí sí. Rinne sé dinnéar díthe, fuair sé seaimpéin, cheannaigh sé seacláidí. Sheachain sé an fannmholadh sin a thugtaí do mhná dá cineál agus dúirt sé go raibh sí "álainn", gan cur as ná uaidh, chan ionann agus daoine eile a déarfadh gur deas a cuid súl nó a cuid gruaige, nó an ceann a ba lú léithe uilig "gur duine galánta" í. Nuair a chuala sí sin, mheas sí go mbeadh sé chomh maith acu a rá go raibh sí míofar agus a bheith réidh leis.

Mheas lucht na leabharlainne gur fhás sé gan locht. Cha raibh bean acu nár mhaith leo acu féin é agus ba é

an fhírinne é nár fhéad sí a bheith ina dhiaidh sin orthu.
Ba doiligh a thús a lochtú, mearbhall mearaí an ghrá,
pionós leathphléisiúrtha an scartha, dáir mhire an
athmhuintearais. Ba é sin an grá ina thús agat, d'fholaigh
sé an uile cháin. Ach tháinig an t-am gur ag creathnú
roimh a theacht a bhíodh sí, roimh an uair a ndallfadh a
thoirt dhorcha doras na hoifige ar bhuille a cúig. "Siúil
leat!" a déarfadh sé agus a lámh le caol a droma, mar a
bheadh sé ag treorú tachráin chun an bhaile.

Níor phléigh sí a cás lena comhghleacaithe nó níor
dhuine í a ligfeadh a náire leis na comharsain. Ba chuid
d'ábhar a ceilte an doicheall a bhí uirthi a rún a ligean
leo siúd a bhainfeadh blaiseadh beag suilt as a trioblóid
agus an náire a bhí uirthi gur seo mar a chruthaigh an
saol aici. Ba bhreá léithe an leabharlann. Ba bhreá léithe
teolaíocht shocair na háite féin, ar chineál tearmainn
aici é roimhe seo. Ba bhreá léithe an dóigh nach mbítí á
meas. Ach bhraith sí breithiúnas anois. Mhothaigh sí go
rabhthar á coimhéad, go raibh a fhios acu uilig nach
raibh an saol ina cheart, ach ceist amháin níor chuir
siad. Ach ansin, tuigeadh díthe go raibh daoine ann i
gcónaí a rinne neamart ar mhaithe leis an tsuaimhneas.

Ba mhinic í múscailte i gciúnas glan soineanta na
maidne agus an géibheann ina raibh sí sáinnithe ina luí
ina uallach trom uirthi. Thuig sí go raibh am an tnútha i
bhfad thart, go raibh ceo na drúise glanta, go raibh an rud
a bhí ina phléisiúr uair anois ina phionós. Bhí sí gaibhte
agus a garda seal bog agus trí sheal garbh. Ba bheag ab

fhearr leis ná lasadh a bhaint aisti i gcomhluadar. Nuair a dhéanfadh sé eala mhagaidh díthe, ní raibh de chosaint aici air ach a tost. Ligfeadh sí uirthi gur chaint gan urradh a bhí aige, nár bhuair sé í, nuair a chuaigh gach goin go hithir, is cuma cá mhéad uair a canadh iad. Ina mhullach sin, bhí tost an chomhluadair féin. Sheasfadh siad ansin agus a gcraiceann ag siúl leis an aiféaltas agus ní chuirfeadh duine amháin acu suas dá iompar, iad balbh oiread ag an fhiosracht agus a bhí siad ag an eagla. Luífeadh a gcuid súl uirthi bomaite, mar a bheadh siad á ciontú siocair nárbh fhéidir léithe a chosc.

Is iomaí uair a smaointigh sí dá mbeadh an sracadh sin inti, gurbh aici a bheadh an t-athrú saoil, nach mbeadh sí ina seasamh ansin i ndiaidh am druidte agus í ag ullmhú bídh dó, a cuid súl geamhach agus an ola the ag spréachadh a culaith oíche. Ar na hócáidí sin, bheirfeadh sé greim guailne uirthi agus chuirfeadh sé ina suí ag an tábla í, áit a mbeadh sí go dtí go raibh an greim deireanach slogtha aige, í ina fianaí aonair ar an tseó uafáis sin ina mbeadh seisean ag cognadh feola agus ag diúl ar chnámha, an gheir ag téachtadh ar dhá thaobh an bhéil aige. Nuair a bheadh sé luchtaithe, shuífeadh sé siar agus shínfeadh sé an pláta amach uaidh féin. Ní bhogfadh sise. Ní bheadh gíog aisti nó bhainfeadh an rud beag ba lú ariamh a mhí-apaidh as. Shuífeadh sí ansin ag déanamh iarrachta a iompar a léamh. An dtitfeadh sé ina chodladh ag an tábla, an mbuailfeadh sé na soithí ar an bhalla nó arbh oíche í seo a mbeadh maithiúnas le hiarraidh aige, a cheann crom agus ga seá ann i ndiaidh a shaothair?

Bhí cleas úr aige le tamall anois agus ba é sin a theacht uirthi glan gan mhothú. B'fhéidir go mbeadh sí ina suí ag léamh leabhair nó ag ól cupa tae. B'fhéidir gur ag ní soithí a bheadh sí agus í ag monamar dúchanna beaga díthe féin, nuair amach as maol an chonláin, bhuailfeadh sé bráchbhuille uirthi le croí a bhoise a chuirfeadh ceolán ina ceann. Shiúlfadh sé leis ansin gan focal a rá. Níorbh fhiú leis stad. Níorbh fhiú leis gáire féin a dhéanamh. Agus cé gur shiúil deora ar na súile aici agus go raibh greadfach inti leis an phian, fuaim ní tháinig aisti.

An ag fágáil a lorg uirthi a bhí sé, máchail a bhéarfadh le fios d'fhear eile nárbh fhiú buaireamh léithe? Ní minic a bhuail sé fán cheann í. B'fhearr leis dorn i mbolg nó bróg fán droim, ach nuair a rinne, d'inis sí na bréaga a thug am don at spealadh agus phill sí ar an obair gach iarraidh. Le himeacht ama, stad a comhghleacaithe ag caint air. Tháinig athrú ar a n-iompar. Sheachain siad a bheith ina n-aonar léithe oiread is dá mbeadh a trioblóid tógálach nó gur orthu a thitfeadh sé sólás a thabhairt díthe dá mbainfeadh sí an t-ualach dá croí.

Mhair sí i saol a raibh an dubh ina bhán, a raibh a guth ró-ard nó ró-íseal, an bia róthe nó rófhuar, ise ró-umhal nó róshotalach. D'fhág sé dúthuirseach í. Bhí sí sa dóigh anois gur bheag ná go raibh sí ag baint a seala as an tsaol. Ba léir díthe go raibh easbhaidh inteacht inti nuair nár fhág sí é, lear beag a chothaigh dóchas gan bhunús, dóchas go bhfaigheadh sé an bhuaidh ar a chuid droch-thaomanna, go bpillfeadh sé ar an am nach raibh ar chlár na cruinne aige ach í.

Bhí laetha ann go fóill a ndéanfadh sé rudaí a mheas sé a bheadh ina sásamh, conamar beag cineáltais a chaithfeadh sé ina treo anois is arís. D'iarrfadh sé uirthi í féin a chóiriú, an chulaith dheas sin a cheannaigh sé díthe, na bróga a bhí ina mbuarach uirthi. Ba chuimhne léithe anois an iarraidh dheireanach ar chuir sé bialann in áirithe. Thug sé isteach ar ghreim sciatháin í mar a bheadh sé ag gairm seilbhe agus seirce dá raibh i láthair. Shuigh sí os a choinne ag tábla ar a raibh línéadach geal, bláthanna úra agus coinnle lasta. Thug an freastalaí biachlár an duine daofa, ach gan cur as ná uaithi, d'ordaigh seisean daofa beirt. Tháinig an fíon roimh an bhia agus shuigh sí ansin ag baint súimíní beaga faichilleacha as an ghloine. Thóg seisean a ghloine agus shuigh sí chun tosaigh gur buaileadh an dá ghloine ar a chéile, iad beirt bog lasta ag solas na gcoinnle. "An raibh bricíneach ort nuair a bhí tú óg?" a dúirt sé. "An sin an rud a d'fhág an craiceann garbh sin ort?" Rinne sí iarracht scinneadh siar as an tsolas, ach bheir sé greim daingean ar chaol na láimhe aici agus d'amharc sé idir an dá shúil uirthi. "Sláinte," a dúirt sé agus chaith sé siar an gloine fíona.

Agus í ag meabhrú air anois, ní raibh a fhios aici ar thogh na smaointe sin ise, nó an ise a thogh iadsan. Cibé mar a bhí, bhí sí slogtha beo acu. Ba é sin an saol inar mhair sí agus b'fhada gur cliseadh as a támh í.

Chuala sí an doras ag druid agus é ag imeacht an mhaidin sin. Chuala sí é ag rá go bhfeicfeadh sé ag am lóin í. Níor bhog sí tamall maith i ndiaidh a imeachta, ach nuair a d'éirigh sí sa deireadh, chuaigh sí isteach chun na cisteanadh, í ag siúl mar a bheadh sí ag treabhadh uisce. Chonaic sí gur chóirigh sé bricfeasta díthe, sú oráiste i ngloine seaimpéin, rós dearg i ngloine eile, pláta ar a raibh bocsa beag bídeach ina shuí. Shioc sí in áit na mbonn, an eagla ar siúl ar a craiceann mar a bheadh neach beo ann. Rith sí i dtreo an dorais agus sparr sí é. Tharraing agus chroith sí an murlán, í ag cinntiú an ghlais. Rith sí thart ar an árasán gur dhruid sí gach fuinneog agus gach dallóg, mar a bheadh siad ina gcosaint ar cibé a bhí ag branaireacht amuigh ansin. Stróic sí an t-éadach den leabaidh, a gaosán in airde aici ar eagla go n-éireodh a thuth uathu, agus dhing sí síos isteach i mála plaisteach dubh iad. Chuir sí snaidhm mhion i ndiaidh snaidhme ar bhéal an mhála agus chaith sí uaithi é.

Chúlaigh sí gur mhothaigh sí an balla lena droim agus síos ar a gogaide léithe mar a bheadh sí ag leá. D'ainneoin a faire, tháinig an codladh chuici ina thromshuan agus ba é sin mar a fágadh í gur chuala sí an chéad ghlaim. Chuaigh sé go smior inti. Bhuail sé agus ghread sé an doras go raibh sé ag ceol ar an ursain. Ach ní ligfeadh sí isteach é. Choinnigh sé air go dtí nach raibh d'urradh ann a lámh a thógáil. Chaith sé é féin ag bun an dorais mar a bheadh sé ina íobartach bocht ag altóir an ghrá. Chogair sé d'fhannghuth nach raibh ar an tsaol aige ach í. Chan sé a hainm. Dúirt sé nach mairfeadh sé gan í. Dúirt sé go raibh sé buartha. Ach níor lig sí isteach é. Bhí Aifric réidh leis an chaint bhealaithe sin anois.

Bhí sí ag teacht ar an tuigbheáil sa deireadh gur dóiche nach uirthi féin a bhí an locht. Tháinig sé chuici gur neadaigh an chianfhearg agus an chuil sin ann le linn a óige, gurbh fhurast an craiceann briosc a luí ar gach leatrom is aincheart a scoitheadh, nach fear é a d'fhéadfadh dearmad a dhéanamh den bheag ná den neamhní a rinneadh de. Bhí uair ann ar shíl sí gurbh í féin a dhéanfadh é a tharrtháil, ach bhí a fhios aici anois go mbeadh na mothúcháin sin ina bpiolóid shíoraí aige agus nárbh ise údar a leighis.

D'éirigh sí agus chuaigh sí anonn chuig an tábla gur fhoscail sí an bocsa beag a bhí fágtha ag Tarlach ar an phláta. Nocht fáinne roimpi ar leabaidh dhúghorm veilbhite. Bhain sí an fáinne as an bhocsa agus rith sí anonn chuig an doras. Thóg sí clúdach bhocsa na litreach go faichilleach agus chaith sí amach an fáinne de rúid. Thiontaigh sí ar a sáil ar an toirt agus rinne sí ar an tseomra folctha. Ina seasamh os comhair an scátháin, d'amharc sí uirthi féin den chéad uair an lá sin, ar an ghruaig a bhí gearrtha go dtí an beo i gcorráit aige agus ar na líbíní fánacha eile gruaige a bhí crochta léithe thall is abhus. Bheir sí ar a bhearrthóir gruaige agus siar is aniar agus suas is anuas léithe, go raibh a ceann maol mín. Ba é sin an uair ar ghéill sí don riachtanas seasacht faoi shruth sreabhach a thit ina bhailc uirthi, é ag rith síos thart léithe, deora frasa geala a rachadh go croílár an domhain.

Seomra 393

Nocht a aghaidh roimhe mar a dhéanfaí toirt de thaibhse as ceo gail. Ina lámh chlé, bhí rásúr biorghéar, é suite go feirc i gcroí a bhoise. Thóg sé an smigead aige féin, a mhuineál sínte siar, úll a scornaí slogtha tamall. Rith an lann gan saothar fríd chonlach na féasóige. Thit an sópa ina chúr bogbhán i ndabhach an uisce le gach smeach dá lann. Shruthlaigh sé an lann agus lúb go cúramach é. Sheas sé bomaite agus dhearc a shaothar, agus le tréan sásaimh, bhuail a chuid méar port beag meidhreach ar a phluca maotha míne.

Bhí culaith éadaigh dhúghorm leagtha amach aige ar a leabaidh sa tseomra, léine bhláthbhán, fo-éadaí solasacha geala agus carbhat ar a raibh mionspotaí éadroma gorma. Chóirigh sé go faichilleach, ó cheann go coim agus ó choim go bathais. Ba í a mháthair a d'fhoghlaim an gnás sin dó. Bhíodh an uile rud in ord agus ord ar an uile rud aici. Nár fhág sí sin mar uacht aige, mar chlóca cosanta a dhealaigh ón ghnáthdhuine é?

Is iomaí uair ó cailleadh í ar smaointigh sé ar a athair.

B'fhada ó bhí a fhios aige nárbh fhiú dó a bheith ag céastóireachta uirthi faoi, nach raibh maith dó ann. Ach ghoill sé air nach raibh a fhios aige, agus é anois ina fhear déanta, cén tréith nó féith dá chuid a nocht ann féin, nó cad iad na mianta a las an croí aige? Nuair a bhí sé óg, ba chara rúin aige é, cara cléibh ar sceith sé a chroí leis, an duine amháin ar chlár na cruinne a thuigfeadh é. Ach le himeacht ama, chaith sé uaidh na smaointe sin. Ní raibh iontu ach brionglóidí leanbaí.

Dhamhnaigh a mháthair roimhe agus é ina sheasamh os comhair an scátháin ag cur snaidhme ina charbhat. Mhothaigh sé an smailcbhuille a bhéarfadh sí dá lámh agus an dóigh a ndéarfadh sí, "Mar seo!" agus an fhoighid ag imeacht uirthi, agus í ag baint na snaidhme a bhí déanta aige féin as a chéile. "Anois?" a déarfadh sí i nguth a mhaígh nach raibh a fhoghlaim ann. I ngan fhios dó féin, dúirt sé os ard, "Gní an t-éideadh an fear." Shearr sé a chuid guailneacha agus bheir sé greim cába ar a chóta, á tharraingt aniar gur luigh sé go díreach ina shásamh.

Rinne sé ar óstán an Hilton, mar a rinne sé gach oíche Déardaoin. Shiúil sé isteach agus anonn caol díreach leis chuig an bheár, áit ar shuigh sé ar an stól ab fhaide thall, oiread agus dá mba an rud é nach raibh iarraidh aige ar chuideachta. Chlaon fear an bheáir a cheann ina threo, mionbhogadh, cód seanchleachtaithe eatarthu. Gan focal, fágadh G&T roimhe, deoch mheasúil nach mbíodh ag madaí an bhaile. Shuigh sé leis ar a stól, ag smeachbhlaiseadh na dí, ag fanacht. Tháinig fir a fhad leis an bheár anois agus arís, agus rinne sé mionchomhrá leo; an aimsir, peil, an nuaíocht, an cineál sin ruda. Comhrá nach raibh dochar ann, comhrá arbh fhéidir deireadh a chur leis bomaite ar bith, gan cuma a bheith ar dhuine go raibh sé giorraisc.

Ach ní thearn fear an stóil moll mór ar bith comhrá go raibh sí feicthe aige. Is ansin a rinne sé cíoradh ar an chomhluadar, ar an scaifte a bhí léithe. B'fhearr leis grúpaí oibre a bhí as baile, ag comhdháil nó ag ócáid oibre de chineál inteacht, daoine a bhí ag fanacht sa teach ósta, daoine a raibh lá oibre déanta acu, daoine nach raibh ach i dtús an óil.

Ní raibh ach riail amháin docht daingean aige, riail nach sáródh sé. Níor bhac sé le grúpa nach raibh ar a laghad triúr ban agus cúigear fear iontu. Duine faoi ar cheachtar taobh agus ní bheadh sé gaibhte leo. Nuair a bhí scaifte fear agus ban le chéile, bhí comórtas ann, bíodh sé follasach nó faoi choim. Dá n-imeodh bean den triúr le fear, bhí comhluadar ag an bheirt eile. Dá mbeadh beirt bhan fágtha idir ceathrar fear, bhí ábhar comórtais acu go fóill, níor chaill rómhór an bhean amháin.

Tá siad feicthe aige, na mná seo, iad ag caitheamh siar a gcinn, ag méaradradh ar a gcuid gruaige, ag deimhniú suime le buille beag ar an lámh nó ar an sciathán, ag rá, "Och nach bhfuil a fhios agam," agus, "Nach agat atá an ceart". Agus na fir agus iadsan ionann agus a bheith chomh holc, iad ag gliodaíocht leis na mná, ag séideadh, ag déanamh cionchroí an óil.

Ba iad sin a dhreamsan. Ba iad a ghrúpa. Shuigh sé ansin ar a stól ag fanacht agus tháinig siad chuige, chuig an fhear a raibh snua an rathúnais air. Sheas siad ag a thaobh. D'ordaigh siad deoch. Níor labhair siad focal an chéad iarraidh, nó b'fhéidir an darna hiarraidh. Ach níor bhuair sin é nó, gan teip, thosódh an comhrá. Ní raibh ann ina thús ach na cúpla focal, ach mhéadaigh ar an chomhrá, de réir mar a mhéadaigh na cuairteanna ar an bheár agus sin go díreach mar a bhí anocht. Tháinig fear acu chuige agus dúirt sé:

"Ní maith linn tú a fheiceáil abhus anseo leat féin." Agus chuir sé a lámh ar a ghualainn, á threorú i dtreo an scaifte.

Ach dúirt fear an stóil go modhúil múinte:

"Ó, níor mhaith liom a bheith ag cur isteach oraibh, tá mise i gceart."

Agus dúirt an fear eile:

"Ná bí amaideach, siúil leat."

Ach níor ghéill sé tamall, nó bhí na cailíní ag amharc aníos orthu anois. Deirtear gur fearr le cailíní fear umhal. D'amharc sé anonn orthu agus rinne sé miongháire cúthail leo. Chuir sé a dhroim leo. Is ansin a tháinig an darna fear aníos chuige. Chuir seisean leis an mhéid a dúirt an chéad fhear. Thug sé le fios gur den mhúineadh é géilleadh don chuireadh anois agus dúirt fear an stóil:

"Má tá sibh cinnte, ach ní thiocfadh liom a dhul síos

chugaibh gan deoch a sheasacht. Suígí, beidh mé síos in bhur ndiaidh."

Dúirt duine inteacht nach raibh gnoithe ar bith leis sin, ach sheas fear an stóil an fód agus d'imigh siad leo, iad cinnte go raibh an cinneadh ceart déanta acu, nó seo fear a sheasfadh deoch. Bhí a dhroim le lucht an óil, ach bhí a fhios aige go mbeadh siad séidte ag a gcineáltas, séidte ag an tarrtháil a bhí déanta acu airsean, an fear bocht a bhí leis féin ó tháinig an oíche. D'éirigh sé ina sheasamh agus sula raibh a dhá chois ar an urlár i gceart, bhí duine nó beirt de na fir ag bagairt lámh chuidithe a thabhairt dó. Bhí an pionta seachas an leathcheann, an gloine mór fíona seachas an ceann beag, an deoch dúbailte seachas an ceann singil ceannaithe aige. Bhí dhá ghloine ar iompar ag fear an stóil, a G&T féin agus gloine fíona. D'fhág sé an gloine fíona os comhair duine den triúr ban. Lig sé air nach ligfeadh an leisce dó suí in aice na mban, ach dúirt duine acu:

"Suigh isteach, suigh isteach," agus ghéill sé don chuireadh an iarraidh sin. Líon agus thráigh an comhrá agus, ar dhóigh inteacht, ba é fear an stóil a bhí ina shuí ag taobh na mná a ba mhó a raibh séala an óil uirthi, agus nuair a thairg sé í a thionlacan slán sábháilte go seomra 393, níor chuir Críostaí ina choinne. Cé nárbh eol dó a hainm, chuir sé a sciathán siar faoina hascaill le hí a chur ina seasamh. Luigh a cuid meáchain uilig air, a ceann anuas ar a ghualainn mar a bheadh sí doirte dó.

"Maith an fear," a dúirt duine inteacht agus chroith

fear an bheáir a cheann ag rá leis féin nach raibh a fhios aige cén cleas a bhí ag an diabhal dubh siúd a fuair bean gach oíche dá dtáinig sé anseo. Chuaigh fear an stóil agus an cailín suas san ardaitheoir. Ní raibh focal uaithi nuair a sháigh sé a heocharchárta i ndoras an tseomra, ná nuair a leag sé siar ar an leabaidh í, sular dhruid sé doras sheomra 393.

D'fhág sé í mar a d'fhág sé na mná eile ar thug sé slogadh suain daofa, na mná sin nár phóg sé an béal acu, na mná nach raibh de chumarsáid idir é agus iad, ach uallach a cholainn agus ionradh a choirp. Anois ar bhéal maidne, agus é ar ais sa bhaile, baineann sé gach ball dá cheirteach de, go dtí go bhfuil sé chomh maol le beathach allta. Níonn agus sciúrann sé gach cuar agus cuas dá chorp, an t-uisce chomh te sin go lasann sé an craiceann aige. Seasann sé os comhair an scátháin go gceileann an gal a aghaidh. Leagann sé a chorp sciúrtha geal anuas ar leabaidh sa tseomra sin, nach raibh de chónaí ann ariamh ach é féin agus a mháthair. Druideann an dá shúil aige agus níl de bhogadh sa tseomra ach mearchrith a chuid mogall.

Gaolta na gCnámh

.

Bhí an lá sin sna súile aici go fóill, é chomh híogair nimhneach agus a bhí sé deich mbliana ó shin, an lá ar scairt a hathair anuas an staighre uirthi.

"Gabh anuas anseo bomaite," ar seisean agus shílfeá ar a ghuth gurbh ionann an lá sin agus lá ar bith eile.

Rinne Aleena a bealach anuas an staighre, cos roimpi agus cos ina diaidh, mar a dhéanfadh déagóir dúranta ar bith dá haois, a cuid ordóg ag obair ar ghuthán póca agus aoibh bheag phléisiúrtha ar a haghaidh. Sular dhruid sí le bun an staighre, sháigh a hathair a shoc amach ar dhoras an tseomra arís agus scairt sé athuair uirthi, a lámh ag damhsa ar an aer lena deifriú isteach. Bhí a máthair ansin roimpi, í ina suí ar sheantolg breacach donn agus dhá chúisín fhiáine bhléascacha lena droim. Bhí a ceann crom aici mar a bheadh sí ag déanamh grinnstaidéir ar an dá lámh a luí marbh ina hucht. Thóg an mháthair a ceann agus d'amharc sí sna súile ar Aleena, amharc balbh cumhaidhiúil a ghlan chomh tobann agus a tugadh é.

Chuir sé uirthi go fóill chomh sásta agus a bhí a

hathair an lá sin, an choiscéim éadrom a bhí leis, é mar a bheadh fear ann a raibh buairt an tsaoil curtha de aige. D'aithin sí an lá sin rud a chuaigh go hithir inti, nárbh íobairt aige í, gurbh é an rud a bhí coimhthíoch aici féin an rud a bhí dúchasach aigesean. Tuigeadh díthe nár theo fuil ná dúchas.

Shiúil a hathair anall i dtreo an toilg agus shuigh sé ar an taobh eile díthe gur gabhadh Aleena idir é féin agus a máthair. Chuir an t-iompar seo iontas uirthi agus mheas sí gur dóiche gur tuairisc bháis nó drochthinnis a bhí leis. Shocair a hathair é féin agus as clúdach litreach a bhí ina lámh, bhain sé grianghraf feoite buí. Stad an croí ina hucht. Thuig sí anois údar an chruinnithe. Thuig sí cén ceann a bheadh air. I dtobainne, chonaic sí a saol ag gabháil ó rabharta go mallmhuir, an saol sin nach raibh de bhuairt ann go dtí seo ach fad a sciorta scoile nó dath a cuid iongna.

D'fháisc sí a cuid súl gur folaíodh ina ceann iad. Shuigh sí ansin, gach féitheog ina shnaidhm fhíochmhar theann. Ní raibh bogadh aisti gur chroith a hathair an sciathán aici. Shín sé an grianghraf chuici agus ní raibh dul uaidh ach scrúdú a dhéanamh ar an fhear a léiríodh ann. B'iontach léithe chomh beag agus a bhí sé, draoidín beag fir a raibh an droim righin aige, oiread agus dá mbeadh sé ag baint an uile orlach as a sheasamh. Bhí bearád beag bómánta tarraingthe anuas ar a chuid cluas aige, rud a chuir saighdiúir coise ina ceann, saighdiúir a bhíodh in airm inteacht a bhí ligthe i ndearmad ag an

Impireacht. Bhrisfeadh an gáire uirthi am ar bith eile, agus bheadh sí ar shiúl ag iompar an scéil chuig a cairde scoile, ach ní sin mar a bhí, ba é an gol a bhí ar shála an gháire an lá sin. Mhothaigh sí búirthe ag brúchtaigh aníos inti, búirthe nár abaigh, búirthe a plúchadh nuair a theann a máthair an lámh aici.

Nuair a smaointigh sí anois air, ní raibh a súil amuigh aici an uair sin. Níor rith sé léithe ariamh go raibh gnoithe leis ag girseach a rugadh agus a tógadh i Manchain. Fuair sí tógáil mhaith agus deis ar oideachas, agus cé go raibh a tuismitheoirí dian maidir le cúrsaí gasúr agus dul amach, ní raibh barúil aici go raibh rún acu cleamhnas a dhéanamh díthe. Chuala sí iomrá ar na cailíní nár phill ar an scoil. Bhí sé mar a d'imeodh siad de chlár an domhain. Níor chosúil gur chuir údaráis na scoile ná údaráis ar bith eile lá iontais sa mhéid sin. Ba chosúil gur bhain sé le hoidhreacht, le cloí le gnásanna dúchasacha nárbh fhéidir a shéanadh gan cáineadh géar ón phobal, gan clú an teaghlaigh agus a honóir féin a mhilleadh go brách. Níorbh fhéidir diúltú dó.

Níor tuigeadh do Aleena cad chuige nach dtug a máthair dúshlán a hathara an lá sin. Ghoill sé uirthi go fóill gur mheas sí go ndéanfadh an rud a rinne gnoithe díthe féin, gnoithe dá hiníon anois. Ba ghoin í sin nár fhás craiceann uirthi le himeacht aimsire. Ba í a máthair a ba mhó a thacaigh léi maidir lena hobair scoile agus a mianach a dhul chun na hollscoile. Ach mhair a máthair i saol ar mhór idir an beart agus an ráite. Dálta go leor ban eile dá gcineál, níor sháraigh sí a dúchas. Ba chosúil go dtáinig gach cailín chun an tsaoil agus a gcinniúint ag teannadh orthu, ba chuma cá raibh a gcónaí.

Thuig sí anois gur mhair an géilleadh don tseantír in iompar a muintire i gcónaí, gur shéan siad fís an imircigh, an fhís sin ar chaith siad oíche agus lá ag obair ina threo i siopa beag dorcha cúng, an fhís ar fhulaing siad saol bán maol ar a son i dtír nár thuig siad a creideamh ná a cultúr. Tuigeadh díthe gurbh í an fhírinne dhoshéanta í nach mbeadh iontu go deo ach eachtrannaigh.

Chuir Aleena in éadan toil a hathara agus a pobail. Rinne sí cinneadh a d'fhág síos siar léithe féin í agus gan de theaghlach aici fada go leor ach feidhmeannaigh an chórais altrama a thug aire díthe go raibh sí na hocht mbliana déag. B'fhacthas díthe corruair gur fhág sí réimeas amháin le dhul le ceann eile. I dtús ama, bhraith sí go raibh an t-uaigneas agus an chumhaidh go maith thar a fulaingt, iad ag ithe agus ag clamhairt uirthi oíche agus lá. Cha raibh uair ar bith a ba mhó ar bhuail a caill í ná ag deireadh Ramadan nuair a bhí an troscadh thart agus thagadh a teaghlach agus an pobal i gcoitinne le chéile le hEid a cheiliúradh. Mhothaigh sí uaithi an fhéile agus an fhlaithiúlacht, an muintearas teolaí a bhraith a pobal ar an ócáid sin ar thoil leo a cheiliúradh go lúcháireach, ach arbh eagla leo goillstin ar an mhór-phobal. Bhí barúil bheag leanbaí aici anois agus arís go ndéanfadh duine dá muintir teagmháil léithe tráth an ama sin, nuair a bhí cúrsaí maithiúnais in ard a réime agus deirc ar bhéal cách, ach de réir mar a chuaigh an t-am isteach, thuig sí nach amhlaidh a bheadh, nár díol truaighe acu í, gurbh údar a díbeartha féin í, gur mhaith an airí uirthi é.

Ba chuimhneach léithe an seomra suí sa bhaile go fóill, na pictiúireacha a bhí thuas ar mhatal na tineadh, pictiúireacha dá cuid deartháireacha ar an scoil, ar an ollscoil, lá a bpósta, pictiúireacha díthe féin ina héideadh scoile, an chathaoir mhór ar a suífeadh a hathair ag deireadh an lae. Ba ar lámh na cathaoireach sin, a shuífeadh sí féin bomaite go leagfadh a hathair siosóg de phóg ar chlár an éadain aici sula rachadh sí a luí. Ba chuimhneach léithe gurbh ar cheann de na hócáidí sin a thug sí fá dear an scead liath os cionn na gcluas aige an chéad uair agus an craiceann bog scaoilte a bhí ag fás faoin smigead aige. D'fhág an tuigbheáil sin ar chasadh dosheachanta an tsaoil cnap beag nimhneach bróin ina hucht a mhothaigh sí go fóill.

Ní raibh a fhios aici caidé mar a luí an aois air ó shin, an raibh blagaid nó cruit air, nó maróg bheag theann os cionn na beilte aige? Mhair sé ina cuimhne go díreach mar a bhí sé an lá sin, é beo go brách i dtír chaillte a hóige. B'iomaí uair le blianta a d'éirigh a croí ina béal nuair a chonaic sí a chosúlacht ag siúl na sráide. Thiontódh sí go hocrach ina threo, an dóchas ina rith san fhuil aici tamall, ach ba é an deireadh amháin a bhí air i gcónaí, níorbh é a bhí ann. D'fhág sé í an lá sin deich mbliana ó shin, fágáil a bhí mar bhreith dheiridh ar a gcaidreamh,

fágáil a bhí chomh cinnte leis an bhás aici. D'éirigh sé ina
sheasamh nuair a bhí a chuid ráite agus shiúil sé leis
amach as an tseomra gan amharc ina dhiaidh. Lean cuid
súl Aleena é, í ag fanacht le hamharc beag tuigseach
amháin, ach choinnigh sé air agus dá n-abródh sé na
focla a ba mheasa ina phluc léithe, cha ngoinfeadh sé
oiread í.

Shuigh Aleena síos lena guthán, mar a rinne sí fán am
seo den lá gach tráthnóna, í ag tabhairt rúid fríd na meáin
shóisialta go bhfeicfeadh sí caidé a bhí ag gabháil. Luigh
a súil ar theachtaireacht amháin, bhí sé mar a d'éireodh
sé amach ó chlár an leathanaigh chuici, "Cailleadh
d'athair aréir," a dúirt sé. Shuigh sí gan bhogadh agus a
súile sáite sna focla sin. Bhí a goile ina béal agus a croí
ina rith. Bhuail sé de ruathar í gurbh iomaí uair a ghuigh
sí saol gairid air, gach aicíd ní ba mheasa ná a chéile air,
ach anois agus é tagtha, chnag sé í. Dhruid sí a cuid súl
agus ní raibh bogadh aisti fada go leor, ach sa deireadh
thóg sí an guthán. Ba leisce léithe géillstean don
smaointiú gurbh fhéidir go mbeadh teacht aici arís ar
ghaolta na gcnámh is na fola. Bhí sé mar a bheadh sé
uilig ina thús agus ina dheireadh.

Breithiúnas Aithrí

Bhain Eibhlín seansparán a bhí bog le haois agus le húsáid as a mála. As póca beag i gcroí an sparáin, bhain sí duilleog sheanchaite bhuí. Shín agus shlíoc sí an duilleog agus shiúil a méar anuas chomh cúramach sin air go measfadh an té a bheadh ag amharc uirthi gur dall a bhí sí.

I measc na n-ainmneacha a bhí ar an liosta a bhí os a comhair, bhí ainm Shíle Ní Dhubháin, bean a bhain le saol eile, leis an am a raibh Eibhlín agus a fear ina gcónaí ar bhruach na cathrach i mbrocais tithíochta, áit ar thráigh agus líon sruth síoraí daoine, taomadh beo a d'iompair leo súlach a saoil idir mhaith agus olc. Chónaigh Síle san áit chomh maith le duine. Cha raibh de bhean ann ach í nach raibh dreibhlín crochta aisti. Bhí Síle i gcónaí gnoitheach mar a bheadh sí ag iarraidh a hiúl a bhaint de rud inteacht. Bhí sí ag glanadh agus ag sciúradh agus ag coinneáil súil mhaith ar an teacht agus ar an imeacht, í ag meabhrú nach raibh lá spraic ag mná an chlóis ar a gcuid páistí. Ach ansin, nár dhoiligh a gceansú nuair a bhí siad súgach, iad ag déanamh folaigh agus tithe beaga, ag imirt gunnaí agus peile, ag casadh rópaí agus ag rá ramás. Agus ní thiocfadh trághadh ná lagú ar a n-imirt go gcuirfeadh gach máthair a ceann amach ar fhuinneog á ngairm chun an tí ag deireadh an lae. Thiocfadh cuid acu agus a gceann crom, na lámha sáite sna pócaí acu agus iad ag tógáil an staighre mar a bheadh tonna meáchain sna cosa beaga cruinne sin. Thiocfadh cuid eile de ruathar, comórtais agus callán an lae aníos an staighre leo go dtí go bhfeicfeadh siad Síle ag a cheann. Bhí sé mar a dhiúlfaí an t-aer astu bomaite, ach chomh luath géar agus a gheobhadh siad thart léithe, d'éireodh an scolagnach agus an seitgháire uair eile go rachadh siad as éisteacht os a cionn, go dtí nach mbeadh ann sa deireadh ach tost toll.

Ba é dearcadh daoine nach raibh de chónaí in áiteacha dá gcineál ach gríodán agus daoscar an tsaoil, nach raibh ord ná eagar orthu, ach ní raibh rud ar bith ba mhó ar an tsaol a ghin ord ná an bhochtaineacht. Bhí a fhios ag duine cá rachadh an phighinn dheireanach, cén luach a bhí ar bhuilbhín aráin in achan siopa fá mhíle duit, an bomaite a mbuailfeadh clog na monarchan sa dóigh is go mbeifeá ag an gheafta agus do lámh amuigh, is tú ag cuardach do chuid den tuarastal. Bhí a fhios agat an uair le héirí ar maidin sa dóigh is go mbeadh deis agat ar chúpla bomaite suaimhnis sula n-éireodh an gleo. Bhí a fhios agat cár cuireadh na pighneacha i dtaiscidh i ngan fhios. Bhí a fhios agat an lá agus an bomaite a dtiocfadh fear an chíosa. Chuala tú na doirse a bhog ar na hursaineacha agus chuala tú an tuargain nuair nár bhog. Bhí a fhios agat cén fear a leag lámh ar a bhean agus chonaic tú na mná a bheannaigh duit agus na súile ataithe acu leis an chaoineadh. Chuala tú an gáire. Chonaic tú an bhreith agus an bás, agus cé nár chronaigh tú an bhochtaineacht ná an dóigh a raibh achan duine sa bhéal ag a chéile, bhí a fhios agat gur bheag am i do shaol a raibh tú oiread i do bheatha agus a bhí tú san áit sin.

Bhuail an céas naíonán Eibhlín go maith sula raibh na trí ráithe thuas. Shocair sí cheana féin go ndéanfadh Betty, a comharsa béal dorais, cúram dá páistí nuair a bheadh sí ar a leabaidh luí seoil. Bhí sé d'fhaoiseamh aici go rachadh siad chuicise chomh réidh agus a rachadh siad chuig duine dá muintir féin. Shiúlfadh duine an tír sula bhfaigheadh siad comharsa ní b'fhearr ná Betty.

"An bhfuil a fhios agat cá bhfuil Éamonn?" arsa Betty.

D'éirigh an dá mhalaidh ag Eibhlín agus rinne Betty gáire. Níor bhuair Eibhlín a ceann fá Éamonn nó rachadh sé fá thalamh mar a rinne sé na ccithre iarraidh roimhe seo, is é sin nó rachadh sé ag ól. Bheadh sé ar ais nuair a bheadh an gníomh déanta agus é chomh bródúil le coileach sráide.

Tháinig tuilleadh de mhná na comharsan le cois Betty ina cabhair. Chuaigh siad a bhruith uisce, a chóiriú leapa agus a fheistiú cliabháin. Ní fada go raibh an seomra beo le comhrá agus ceo éadrom gail ar gach fuinneog. Bhí na mná ag cur tharstu fá na fir, ag déanamh iontais d'fhaisean an aosa óig agus ag gáire fá na créatúir bhochta a bhí dallta ag an ghrá. Bhí an uile ábhar ar a dteangaidh acu ach an bhreith. Ach is cuma cén greann, nó cén rith a bhí leis an chaint, ba doiligh ag Eibhlín gan a bheith ag smaointiú go raibh an leanbh ag teacht roimhe a am.

Nuair a tháinig sé chun an tsaoil sa deireadh, scread sé in ard a ghutha mar a scread an uile leanbh roimhe. Chreid sí gur tuar maith ar a shláinte an búirthe sin, gur gáir comhraic a bhí tugtha aige, gur fhógair sé a bheo go neamhbhalbh. Ach char léigh sí iompar na mban thart uirthi. Cha dtug sí faoi deara nár mhóraigh siad é, nár chuir siad siar ná aniar cé a lean sé, nár thóg siad a gceann léithe. Chuir bean acu ina baclainn é agus luigh a lámh ar ghualainn Eibhlíne buille beag níos faide ná mar a ba chóir di. D'imigh siad ina nduine agus ina nduine go dtí nach raibh ann ach iad beirt, ise agus an leanbh.

Chonaic Eibhlín soc beag ag teacht thart ar an doras, "An dtig linn a theacht isteach anois?" a dúirt an ghirseach a ba shine aici agus sula bhfuair Eibhlín focal a rá, seo isteach de ruathar iad uilig gur chruinnigh siad thart fán leabaidh uirthi. D'amharc siad air, leag siad méara éadroma geanúla air, d'fhiafraigh siad fá ábhar a chaointe, "An ocras atá air?" a dúirt siad, "An tinn atá sé?" Rinne siad mánaí mánaí leis. Thug siad frasa póg dó. Ach ní raibh maith daofa ann. Bhí sé tinn agus rinne an tinneas cianach é. Chaoin sé oíche agus lá. Choinnigh sé a raibh sa teach múscailte. D'éirigh an fhoighid gann agus cabhair comharsan níos gainne. Ba leasc leo cuairt a thabhairt ar theach ina raibh leanbh a bhí chomh tinn agus a bhí an fear beag aicise. Dúirt go leor gur pisreogach a bhí siad, gurbh eagal leo tinneas a thabhairt chun tí acu féin. Agus í ag meabhrú air anois, ní raibh sí ina dhiaidh sin orthu nó ba léir gur aithin siad an rud nár aithin sí féin ó thús, nach raibh de dhán aige ach an bás, is é sin nó saol gan mhothú gan phléisiúr.

Lean an caoineadh agus bhí siad uilig marbh ag an easbhaidh chodlata, iad ag titim as a seasamh leis an tuirse, nuair is seo isteach Síle. Chuaigh sí anonn chuig Eibhlín a bhí ag monamar leis an leanbh, amhail agus dá mba an rud é go gcuirfeadh sin ina thost é. Sheasaigh Síle os a cionn agus í fá uillinneacha uilig. Ní thearn sí ach an leanbh a bhaint d'Eibhlín agus é a chur sa chliabhán. Níor chuir Eibhlín suas díthe. Ní raibh inti labhairt ná bogadh. Bheir Síle ar irsteacha an chliabháin agus amach an doras léithe, agus dá mbeadh duine sna sála aici bhéarfadh sé mionna nach raibh meáchan ar bith ina hualach.

Chuaigh a raibh fán teach a chodladh agus níor bhog siad gur bhánaigh an lá. D'éirigh Eibhlín agus rinne sí tráth bídh réidh do bhunadh an tí. Bhí sí ag briseadh suas chuig Síle go bhfeicfeadh sí caidé mar a chuir an fear beag an oíche isteach, nuair a dhall Síle an doras. Ní raibh an leanbh léithe. Chuaigh an dá lámh go béal ag Eibhlín mar a bheadh siad ag coigilt mothúcháin. Gan focal, rinne an bheirt a ba lú aici folach taobh thiar dá máthair. Mheasfadh duine go raibh siad uilig ar an aon anáil amháin.

"Tá sé marbh," arsa Síle.

Mhothaigh Eibhlín cnapán beag feirge ag fás ina hucht, agus ar an bhomaite sin, ba ghráin léithe an bhean seo nach raibh aici ach caint mhaol, nach raibh sé de chiall aici craiceann a chur ar a teachtaireacht, focla séimhe a chanstan a mhaolódh an drochscéal. Níor bhog Síle as a seasamh, bhí sé mar a bheadh sí curtha faoi gheasa inteacht nach ligfeadh thar tairseach í. Dúirt sí le hEibhlín gur bhaist sí an gasúr, baisteadh tuata in éagmais sagairt. Thrácht sí ar na socruithe a bhí le déanamh. Ach focal ní tháinig ó Eibhlín. Bhí sé mar a bheadh an teangaidh marbh ina pluc.

Tháinig siad. Níor chuir agus níor bhain sí dá raibh á rá ná á dhéanamh acu. Nuair a phill Síle leis an chliabhán, chuaigh sí siar chun an tseomra. Thóg sí as an chliabhán é, lámh amháin faoina chorp agus an ceann eile faoina cheann. Bhí sé chomh cúramach le hubh aici. Shlíoc sí an t-éadach air agus chuimil sí a éadan. Sular fhág sí é, leag sí an phóg bheag ab éadroime ariamh anuas ar chlár a éadain.

Bhí fad saoil idir Eibhlín agus an lá sin anois. Shuigh sí siar sa chathaoir agus d'amharc sí ar ainm Shíle Ní Dhubháin. Smaointigh sí go minic uirthi, ar an bhean sin ar ghéill sí gan cheist dá breithiúnas na blianta fada ó shin. Ba chosúil le géarán beag cloiche í a neadaigh ina bróg, ach ar bhodhraigh am a faobhair blas beag.

Smaointigh sí ar an ghasúr bhocht a bhí ina luí ar an taobh ó thuaidh den reilig, é leagtha síos ar an chrí agus gan leacht os a chionn. B'fhearr léithe abhus anseo in Éirinn é, áit a gcuirfeadh sí clocha míne duirlinge os a chionn, clocha beaga geala a déarfadh gurbh ann dó lá.

Chuir sí glac nótaí agus an liosta i gclúdach litreach le cur suas go Teach na Paróiste. Chuirfeadh an sagart Aifreann lena cairde agus a daoine muinteartha, agus leis an bhean a mharaigh a mac.

Ag Meilt an Ama

Choscair bás Rita an saol aige. Ní raibh uaidh anois ach éalú ón teach a raibh a hanáil ar a chruth agus ar a dhéanamh, faoiseamh beag a fháil ó na cuimhní glinne a rois fríd agus ó liodáin sheasta an chomhbhróin a bhí ar bhéal gach cuairteoir dá dtáinig. Ba é an fhírinne é nár bhain siad mórán dá uaigneas ná dá chumhaidh, nó nuair a d'imigh siad, bhí sé mar a bheadh an teach dhá uair chomh beo lena heasnamh. Thitfeadh an croí aige nuair a chluinfeadh sé clog an dorais ag bualadh, ní raibh neart aige air. Shiúil na mothúcháin sin leis an fhiuchadh feirge a bhí air ó cailleadh Rita. Ach thuig sé nár fhóir sé a intinn a ligean leo agus chuir sé suas leis na cuairteoirí fada go leor. Ba doiligh leis iad a chur ó dhoras agus phill siad arís agus arís, go dtí gur mheas sé nach raibh de rogha aige sa deireadh ach éalú.

Is chuig na leabharlanna a rachadh sé i dtús ama, bhí teas iontu agus níor chuir aon duine as ná uaidh. Shuigh sé ansin i measc na bhfear, iad ag léamh na bpáipéar agus tost cairdiúil eatarthu. D'aithin sé na fir nach raibh bean sa bhaile acu agus na fir a bhí caol caite ag an ól. Chonaic sé an t-éadach smolchaite a shiúil le bochtanas na seanaoise. Bhí gnás acu uilig a dhul chuig an chaifé bheag a bhí sa leabharlann, áit a raibh freastalaí breabhsánta mná a raibh aithne aici ar gach fear agus ainm gach duine acu ar a teangaidh aici.

"Anois, a Sheáin," a déarfadh sí, "Tae, neart bainne agus bonnóg bheag acu seo anseo, nach sin é?" Chuirfeadh sí tuairisc na bhfear a bhí in easnamh agus dhéanfadh sí mionchomhrá croíúil leo. Ní raibh fear dár shuigh síos lena chuid nach raibh orlach níos airde i ndiaidh a bheith ag caint le Lily.

Ach maith agus eile mar a bhí an leabharlann, mheas sé nach dtiocfadh leis a dhul ann an uile lá. Ba é an pas saorthaistil a chuir cruth ar an lá aige sa deireadh. Bhí a chuid siúil ag brath go mór ar thuar na haimsire, dá mbeadh brocamas á thuar dhéanfadh sé turas fada, síos agus aníos go Baile Átha Cliath ar an traein, b'fhéidir. Shuífeadh sé ansin i measc an lucht gnó, na dturasóirí agus na bpinsinéirí eile, dearmad déanta aige tamall dá chás féin. Bhí rún aige a dhul i rith an bhealaigh go Corcaigh lá inteacht agus, b'fhéidir, siar go Gaillimh nó go Cathair na Mart. Dá mba rud é gurbh aimsir stolpaigh a bhí ann, is ar an bhus áitiúil a chuirfeadh sé thart an t-am de ghnáth, é ag amharc uaidh agus ag éisteacht le daoine, é ag fáil blaiseadh beag ar a mbeatha. Dhéanfadh sé a gcomhráite agus a ngothaí a mhuirliú agus é ina shuí leis féin san oíche. Is iomaí duine a chonaic sé le linn a chuid siúil, ach ar dhóigh inteacht bhí cuid acu a chuaigh i bhfostú ann, mar a rachadh cnádán i ngeansaí lá breá samhraidh, ba doiligh leis ligean leo.

Bhí fear an chóta ghlais ar fhear acu. Bhíodh sé ag stad an bhus go minic, é ar a ghogaide, toitín idir a dhá mhéar agus é tiontaithe isteach i gcroí a bhoise aige, an lámh eile sáite siar faoi agus canna beorach ina chrág. Corrlá, bhí sé mar a bheadh ceo ar a chuid súl agus ní dhéanfadh sé iarracht ar bith éirí nuair a thiocfadh an bus a fhad leis. B'fhear é a raibh a chuid gruaige gairid, é bearrtha go dtí an dúid aige, sa dóigh is nach raibh ach scáil dhorcha le feiceáil ar a chraiceann mar a bheadh scamall os a chionn. Déarfadh mná go raibh fir ann ar fhóir an cloigeann maol daofa agus déarfadh Tomás gur dóiche gur seo fear acu. Bhí péire jíons air a bhí íseal go maith ar a chuid ceathrúnacha. Bhí cnap eochracha crochta ar lúb os cionn an phóca chlé. Bhí léine dhaite sheic air, dhá chasóg, ceann dúghorm éadrom mar a chaitheadh na *Mods* tráth den tsaol agus ceann níos troime a bhí ar ghlas an airm. Bhí pócaí tosaigh na casóige glaise crochta níos ísle ná an chuid eile den chasóg, iad sínte ag an dá channa beorach a bhí ar iompar aige. Is cuma é fuar nó moiglí, bhíodh an dá chasóg scaoilte aige i gcónaí.

Nuair a thiocfadh sé isteach ar an bhus ní bheadh an táille réidh aige in am ar bith. Shiortódh sé fríd a chuid pócaí agus bhéarfadh sé amach crág mionbhrisidh. Shínfeadh sé a raibh aige i dtreo an tiománaí. D'amharc-fadh tiománaí an bhus air agus an fhoighid ag imeacht air, agus déarfadh sé:

"Punt seachtó," mar a bheadh sé ag caint le fear a bhí bodhar.

Bheirfeadh fear an chloiginn mhaoil ar an ticéad agus shiúlfadh sé siar an bus, é amhlánta agus cineál ar sliú leis an iarracht a bhí á dhéanamh aige gan bualadh in éadan paisinéirí ar bith eile. Ní thógfadh sé a chloigeann go dtí go raibh sé chóir a bheith ag deireadh an bhus agus ar an toirt thiontódh sé ar a sháil. Shiúlfadh sé aniar arís agus suas an staighre leis mar a bheadh duine inteacht sa tóir air. B'ionann a iompar gach uile iarraidh dá dtáinig sé ar an bhus. Le deireanas, ba léir go raibh an t-ólachán ag breith air nó bhí monamar dothuigthe as agus drochamharc ina chuid súl. Ar dhóigh inteacht, bhíodh a chinniúint ag clamhairt leis ar Thomás.

Tchífeadh Tomás fear eile fosta agus tá sé roimhe anois, é ag teacht isteach ar an bhus agus a bhata bán á theannadh lena ucht aige. Chuirfeadh sé amach a lámh, a chuid méar ag snámh ar an aer go dtí gur luigh siad ar inneall na dticéad. Chuirfeadh sé síos a phas ar an inneall agus sceitheadh ticéad as. Shiúlfadh a chuid méar anuas ar an inneall go mothódh sé an ticéad. Bheirfeadh sé air agus sháithfeadh sé ina phóca tóna é. Chasfadh sé ar dheis, lámh amháin amuigh roimhe agus an ceann eile ar an bhata bhán, agus shiúlfadh sé siar an bus go mall réidh. Ní labharfadh seisean agus ní labharfadh aon duine eile ar an bhus, ach bhí gach súil air. Bheadh sé trí cheathrú bealaigh siar nuair bheadh sé d'uchtach ag bean inteacht a rá:

"Tá suíochán anseo."

Gan focal, shínfeadh sé a lámh trasna agus síos droim an tsuíocháin sula suífeadh sé, a bhata bán idir a dhá chois aige. Agus Tomás ina shuí ina chathaoir féin agus é ag meabhrú ar an fhear dhall sin, bhíodh sé ag smaointiú ar chreathnaigh sé roimh na lámha sin a luí air anois agus arís gan choinne. Ba chosúil iad le scoil bheag éisc a theith ón mhíol mhór chomh luath agus a theann siad leis. Ar chúis inteacht chuir an eachtra cuid cairde Rita ina cheann agus tháinig sé chuige gur dóiche go dtearn sé neamart sna mná sin nach raibh de rún ariamh ag a mbunús ach é a mhisniú agus sólás a thabhairt dó, agus gur dóiche gur air féin a bhí an locht nó ní tháinig béarlagair na mothúchán leis go réidh.

B'ábhar sóláis aige féin anois cuid dá chomrádaithe taistil, na mná a bhíodh ag giolamas le páistí, an sean-dream ag déanamh comhrá croíúil, na hoibreannaí agus iad sáite ina gcuid leabhar agus a gcuid páipéar. Ba bhreá leis an dóigh a leagfadh duine acu lámh ar ghualainn an stócaigh Siondróm Down nuair a thitfeadh néal air sa dóigh is nach rachadh sé thar a stad. Ba bhreá leis an dóigh a gcuirfeadh seisean aoibh gháire orthu uilig agus é ag ceol leis i ngan fhios dó féin agus gan nóta amháin ina cheann. Ba bhreá leis na mná sin uilig a d'fheac na méara leis na páistí a d'fhág an bus agus iad ag monamar, "slán, slán" leo. Ba iad seo na daoine ar chaith Rita a saol ina measc, ar iompair sí a gcuid scéalta chun an bhaile chuige, ar chíor sí a gcinniúint lena cairde. Ba iad seo a cuid daoine, daoine nár chuir sé féin mórán sonraithe iontu, daoine nár shuim leis mionoibriú a saoil roimhe seo.

Nach inniu féin a bhí sé ina shuí ag stáisiún na mbusanna ag fanacht le tiománaí úr ag deireadh seala. Ní raibh an aimsir róchineálta agus ligeadh dó féin agus do bheirt déagóirí suí isteach ar an bhus go dtosódh seal an tiománaí eile. Chuaigh an bheirt óga siar. Shuigh an stócach ar thaobh amháin agus ise ar an taobh eile. Níor chuala Tomás ar tús ach dordán báite an cheoil a bhí ag teacht as cibé gléas a bhí lena chuid cluas ag an fhear óg, ach stad an fhuaim go tobann agus dúirt an stócach leis an chailín a bhí ina suí ar an taobh eile den bhus:

"Bíonn tú ar na busanna go minic; chonaic mé roimhe seo tú."

"Bím," ar sise, "an scoil, ag dul 'na bhaile, ag dul amach — bus fá choinne achan rud…"

"Hmm," ar seisean. "Bhí mé ag déanamh go bhfaca mé roimhe seo tú."

"Cá hainm atá ort?" ar sise.

"Fabio," ar seisean.

"Is maith liom an t-ainm sin!" a dúirt sise agus gáire iomlatach ar a haghaidh. "Nach deas é?"

"Níl tú ach ag ligean ort gur maith leat é," ar seisean.

"Níl, m'anam," ar sise.

"An bhfuil a fhios agat nach bhfuil ach duine amháin eile a casadh orm a bhfuil an t-ainm sin air, smaointigh féin, duine amháin eile," ar seisean, "Cá hainm atá ort féin?"

"Anna," arsa sise.

"Sin ainm deas fosta," ar seisean.

"Ní hea!" ar sise. "Ní hea!" Thug sí croitheadh beag fíochmhar dá ceann. "An bhfuil a fhios agat, go bhfuil daoine ar m'eastátsa nach raibh ariamh i lár na cathrach, ariamh?"

"Níl tú ach ag magadh," ar seisean. Ligeann sé osna agus amharcann sé amach ar an fhuinneog. "Tá mé tinn den áit seo."

"Mise fosta," ar sise. "Cá bhfuil tú ag dul inniu?"

"Ag meilt an ama go díreach," ar seisean agus é ag dúil gur seo lá as an choiteann.

D'fhoscail doras an bhus agus tháinig an tiománaí úr isteach, shuigh sé síos agus bhrúigh sé cúpla cnaipe ar inneall na dticéad. Lig sé isteach a raibh amuigh agus stad comhrá na beirte. Chuir an fear óg a ghléas ina chuid cluas arís, monamar íseal as mar a bheadh sé ag bogchogarnaigh fá mhianach. Shuigh Tomás siar agus aoibh bheag shocair ar a aghaidh, agus bhí a fhios aige go ndéarfadh Rita, "Tá súil agam go mbeidh deireadh maith air."

Ocras

Ní raibh duine ar chlár na cruinne ní b'fhearr i mbun breithiúnais ná í féin. Chleacht sí an gnás a chleacht sí achan mhaidin le bliain anuas. Sheasaigh sí os comhair an ghloine agus í tarnocht diomaite dá cuid fo-éadaí. Bheir sí ar bhionglán miotail a bhí idir a cuid fiacal agus sháigh sí sa nead bhriosc scaoilte a bhí cuachta ar bharr a cinn é. Is ar a haghaidh a dhírigh sí a haird ar tús. Bhí an bhoige phlucach a bhíodh ansin lá den tsaol ag meath agus ina áit bhí aghaidh ghruach chruaidh á nochtadh. Shiúil a cuid méar anuas go lag na brád agus amach ó sin ar an dá thaobh ar iomairí cnámhacha a crobheasnacha. Shiúil siad leo anuas ar dhroim maol clár a huchta agus síos agus amach trasna go dtí an dá easna chorra. Ba é sin an uair a leagfadh sí lámh shuaimhneach ar an achadh fholamh sin idir dhá chromán ghéar.

B'ionann a hiompar gach maidin. Chuir sí babhal ar thábla na cisteanadh agus spanóg lena thaobh. Bhain sí bocsa Shreddies as an phrios, agus chuntas sí seacht mionchearnóg agus isteach sa bhabhal leo. Chuir sí braon beag bídeach bainne sceite anuas orthu. Chogain sí an uile cheann acu deich n-uaire is fiche, í ag cuntas faoina hanáil de réir mar a bhí sí á gcognadh. Fá dheireadh, d'ól sí cupa beag caife dubh.

Thiocfadh le Fiachra í a chluinstin thíos faoi, ach níor chorraigh sé. Luigh sé leis ansin agus lig sé air nár chuala sé ag éirí í, nárbh eol dó fán chriathrú laethúil seo, an cogadh dearg a bhí á fhearadh aici ar a corp féin. Ach nach sin mar a bhí an saol le bliain anuas, iad beirt ag treabhadh a n-iomaire féin go dtí sa deireadh nach raibh mórán den tsaol a roinn siad i gcomhar. Ní roinnfeadh siad a mbricfeasta ar maidin nó bheadh a cuid déanta aici sula n-éireodh sé, agus cé go raibh boladh breá ag teacht aníos an staighre ón bhia a bhí á ullmhú aici dósan, ní raibh cíocras ar bith ar Fhiachra. Ba bheag an rud a chuir uisce lena chuid fiacal na laetha seo.

Luigh sé leis, é ag smaointiú nach raibh ar a hiúl ach pionóis a chur uirthi féin na laetha seo, í mar a bheadh sí de shíor ag diúltú do shó agus do sheiseacht an tsaoil. D'éirigh sí oilte ar na cleasa beaga sin uilig a bíos ag daoine a sheachnaíonn bia. D'éirigh sí oilte ar an chócaireacht. Rinneadh saineolaí ar an uile chineál bídh díthe. Ba bheag rud a bhí ar chaighdeán a bhí ina sásamh, rud a thug cead díthe bia a dhiúltú go réidh. Is iomaí uair a shuigh sé féin ansin agus é ag coimhéad uirthi ag spiacladh lena cuid, agus an focal "ith" ag bruith ina lár. Ach nuair a bhí deireadh déanta, níor dhúirt sé focal, nó cé go raibh a fhios aige údar an troscaidh, ní raibh barúil aige ar a leigheas.

Ní raibh uair dár amharc sé anois ar an chual cnámh a rinneadh díthe, nár chuir sé deann ina chroí. Smaointigh sé ar an am a raibh an corp sin lán teann. Smaointigh sé ar an tnúth agus ar an lúcháir, ach rinneadh gualach de dheireadh sin agus ní raibh fágtha acu anois ach bocsa beag gorm, conair bheag chuimhní a bronnadh orthu agus iad ag fágáil na hotharlainne. Ní raibh ann amharc ar a raibh sa bhocsa sin a thuilleadh, ar an ghrianghraf, ar na méara beaga sin, ar na súile nár fhoscail, ar an bhráisléad bheag a dúirt "Babaí Mhic Aoidh". Smaointigh sé nach gcuirfí leis an bhocsa sin, nach gcuirfí cuas beag catach gruaige ann, ná an chéad fhiacail, ná boinn a bhainfeadh sé i gcomórtais scoile. Ní chuirfí leis na cuimhní sin nó bhí scéal a mhic inste.

Níor sheachain sise an bocsa. Bhéarfadh sí anuas uair sa tseachtain ar an laghad é, meanach a shaoil bhig ag sceitheadh ar an éadach leapa. Chuirfeadh sí iarsmaí beaga a shaoil lena béal agus a gaosán, mar a bheadh a shú go fóill orthu. D'agair sé uirthi an bocsa a chur i dtaiscidh tamall féin, ach ní raibh maith a bheith léithe. Chuir sí ina leith gur mhaith leis é a ligean chun dearmaid, go raibh éad air, gur cheart dó náire a bheith air.

Nuair a thiocfadh Eithne air gan mhothú, chonaic sí sna súile aige gur aiseag a chuir sí air, gur fada uathu anois an deargdhrúis. Ní raibh a fhios aici an bpillfeadh an tsaint sin a bhí acu dá chéile go brách. Bhí sé mar a bheadh an chuid sin dá saol marbh nó curtha chomh domhain sin, nárbh fhios an raibh tarrtháil le déanamh air. Bhain sin le saol eile anois, saol a bhí beo le hainriail, saol nár fhéad sí a chaitheamh feasta. Líon sí lá agus oíche le saothar d'achan chineál, saothar a bhodhraigh an phian agus a phlúch na smaointe a nocht gan choinne nuair a ba lú a dúil leo, iad chomh húr nimhneach agus a bhí siad an chéad lá. Bhí sí dúthnáite ach ní raibh inti stad. Dá ligfeadh sí a maidí le sruth, réabfaí an craiceann dcn tsaobhshaol seo a bhí cruthaithe acu le bliain. Bhí a chothú agus a bheathú ina cúram agus chaith sí saothar leis sin, ach is beag fonn a bhí uirthi labhairt le fear a mheas gur cheart go gcasfadh rothaí an tsaoil athuair, go díreach mar a chas siad roimh bhreith a mic.

Ghéillfeadh Fiachra do chuid dá raibh le rá aici. Bhí éad air leis an am agus an cúram a chaith sí lena chuimhne a choigilt. Bhí éad air leis an chumhacht a bhí ag an taibhse bheag linbh seo a bhí ag diúl an anama aisti agus as a bpósadh. Chuir sé air gur mheas daoine gurb aicise amháin a bhí an ceart ar bhrón, nach raibh ag fuilstean ach í. Níor tuigeadh do lucht an bhéadáin go raibh sise caillte air chomh maith. Níor tuigeadh daofa gur chronaigh sé oiread agus a bhí ina chorp a Eithne féin, gur mhothaigh sé uaidh an bhean chraosach a chur binid sa tsaol, an bhean sin ar dhoiligh dó a chroí a chur in áit chónaithe nuair a tchífeadh sé í ag tarraingt air, gáire ar a béal agus an mhalaidh in airde aici mar ghealltanas ar chumasc. Ach níor labhair sé ar na rudaí sin. Ní thearn sé ach a aghaidh a chur leis an bhalla agus luigh leis.

Tearmann

Síos uaithi ar dheis bhí cuibhrinn ghlasa agus bhuí an Chaisleáin Riabhaigh, iad bog sómasach ag duilliúr úr an earraigh. Ar chlé, bhí cuid cnoc riabhach an iarthair, a gcruth dorcha á gcognadh ag oibreacha fear. Ó thuaidh, bhí an fathach é féin ina luí siar, a shoc in airde aige mar a bheadh sé ag blaiseadh aer úr an tséasúir. Soir ó thuaidh uaithi bhí Samson agus Goliath, a gcuid sciathán buí sáite go dtí na huillinneacha sa talamh acu, mar a bhainfeadh gaiscíoch ársa an ceann díofa de thoradh iompar gáifeach inteacht. Luigh an chathair í féin i lag na gcnoc, a cuid muilte tréigthe, a cuid céidheanna, a cuid tithe beaga donnrua, iad ina rith síos uaithi ina n-iomairí rialta. Ba é seo an chathair ar chuir sí féin agus na mílte eile fúthu inti, cuid acu ar lorg oibre, cuid acu ag teitheadh, cuid acu i ngrá.

Níorbh é an grá a thug Máirín go Béal Feirste ó thús, ach ba é a choinnigh ann í. Seo anois í, blianta beaga i ndiaidh a teacht, agus í ag dul a dhéanamh cónaí le fear de bhunadh na háite. Bhí teach ceannaithe acu, teach a raibh cosán beag leathfholaithe isteach go dtí an doras aige agus duilliúr na gcrann ag lí bharr na binne aige. Níor chuir teach ar bith eile an croí ina rith ag Máirín ach é. Chomh luath agus a bhí an conradh sínithe aici, is ar a hathair a ghlaoigh sí,

"Fan go bhfeice tú an garraí. Beidh do chroí istigh ann," ar sise leis go lúcháireach.

Chuir an comhrá ina ceann na tráthnóntaí breátha samhraidh sin a suífeadh sí féin agus a hathair ar an leac ag taobh an tí, a gcuid súl druidte acu, iad beirt ag éisteacht le port piachánach an traonaigh, nó le bícearnach an dreoilín teaspaigh agus é ag cuimilt a chuid cos. Ba deas agus b'iontach léithe an dóigh ar iompair an fhuaim ar an chineál sin lae, nuair a chluinfeadh siad na páistí sa chlós scoile, gleorán gnoitheach a gcuideachta á iompar ar an aer. Ní labharfadh ceachtar acu go n-éireodh a hathair, a lámh ag luí bomaite ar bharr a cinn:

"Seo, a rún," a déarfadh sé, "féadann muid a ghabháil isteach chuig an tae. Beidh do mháthair ag cur iontais cá bhfuil muid."

Shuífeadh sí féin léithe bomaite nó beirt, ach bheadh an geas briste agus leanfadh sí isteach é.

Ní bheadh teach gan garraí aici. Bhí a fhios aici an lá a ba mheasa dá mbíodh ceolán ina ceann go mbainfeadh an garraí dá buairt, go gceilfeadh sé manrán na cathrach, go maolódh sé an síorshiansán a chuir uirthi corruair. Ní raibh lá dá dtáinig nár thóg sé a croí nó bhí iontas úr le feiceáil ann achan lá, bíodh sé sna staideanna solais a shíothlaigh anuas fríd na crainn agus a rinne damhsa

meidhreach faoi stiúir na gaoithe ar an léana ghlas os a
coinne, nó an lon dubh agus a dhamhsa féin aige, a
bhuíóg de ghob á lasadh anois agus arís ag solas fann an
earraigh. Is ann a bhain iompar giodalach na spideoige
gáire aisti, a ghusadán de mharóg sáite amach roimhe
agus é ag dingeadh port lúcháireach as. Chuirfeadh an
garraí seo ola ar a croí agus an dá shúil druidte aici. Bhí
sé ina thearmann aici agus í tnáite ag lá oibre.

Bhí Ivy ina cónaí béal dorais agus bhí deireadh dúile
bainte aici as cuairt ón lánúin úr. Rachadh sí féin isteach
chucu inniu. Ba é den mhúineadh é. Bhí fir ag teacht
agus ag imeacht an uile lá le cúpla mí, iad ag cóiriú agus
ag maisiú, agus ag cur amú ama, má bhí a fhios aicise a
dhath faoi dtaobh de. Ba é an chéad rud a thug sí fá dear,
agus í ag dul i dtreo an dorais, ná gur cuireadh dath
éadrom buí air. Chuir sé bláthach ina ceann. Bhrúigh sí
cnaipe an chloig cúpla uair agus sheas sí ansin.

"Is é?" arsa an fear dorcha coirtithe a thug freagra ar
an doras agus malaidh amháin os cionn an chinn eile air.

"Mise Ivy," ar sise, oiread agus dá mba an rud é gur
cheart dó an t-eolas sin a bheith aige.

Sula bhfuair sí an darna focal as a béal, seo aniar an
halla bean rua. Bhí sise chomh bán agus a bhí seisean
dorcha, mheasfadh duine nár luigh an ghrian mórán ar
a craiceann ariamh.

"Cé atá ann?" ar sise leis an fhear sula bhfuair sí a
fhad leis an doras.

"Ár gcomharsa béal dorais," ar seisean, "Ivy."

Dheifrigh an bhean rua amach ina haraicis, "Is é do bheatha, a Ivy," ar sise agus chuir sí a lámh amach le cuidiú leis an tseanbhean coiscéim an dorais tosaigh a thógáil.

"Tá mé buartha nach raibh muid istigh agat go fóill, ach ní bhfuair muid ár gceann a thógáil leis an obair seo uilig."

Ba é seo an chéad uair ar leag Ivy cos sa teach ó fuair a comharsa Peggy bás. Ba bhocht an scéal é, ach ní raibh cairdeas mór ar bith idir an bheirt bhan. Bheannódh siad dá chéile agus iad ag dul i mbun a ngnoithe, ach diomaite de sin, ba bheag an bhaint a bhí acu le chéile. Ba é sin an rud a déarfadh Ivy sular fágadh an teach folamh. Ba é sin an uair ar tháinig sí ar an tuigbheáil gur dhearbhaigh gach bogadh dá dtearn Peggy a beo féin, gach lasc dár las sí, gach doras dár dhruid sí, gach fuaimrian de chuid Coronation Street nó Emmerdale a tháinig fríd na ballaí. Thuig sí ansin gur dearbhú iad uilig ar shaol eile a bhí taobh amuigh dá ceithre ballaí ciúine féin.

D'amharc sí thart ar an tseomra mar a bhí sé anois, í ag cuardach lorg amháin féin de chónaí na mná sin. Thuig sí go mbíodh a ndeataí féin ag gach glún, agus cé nach raibh an áit ina bhlár bán acu, bhí sé deas go maith dó. Bhí na bratacha urláir tógtha agus craiceann úr snasta ar chlárthaí loma anois. Bhí na ballaí scríobtha agus péint in áit an pháipéir bhalla. Bhí troscán slíocaithe darach in áit an troscáin mhaith mhahagaine agus san áit a raibh an tine leictreach, bhí sorn beag ina shuí i gcuas sa bhinn agus dath flannrua ar an bhalla os a chionn, a bhainfeadh an dá shúil de dhuine.

Chuala sí an bhean óg ag caint ansin mar a bheadh sí ag caint fríd cheo.

"Mo leithscéal," ar sise go suaimhneach, "mise Máirín agus Mícheál atá ar an fhear amuigh. Caidé do bharúil, a Ivy?" ar sí agus í ag amharc thart go bródúil.

"Tchím go bhfuil obair mhór déanta agaibh," arsa Ivy, "obair mhór."

"An maith leat é?" arsa Máirín.

"Tá sé ina athrach, féadaim sin a rá," arsa Ivy agus bhain sí ciarsúr beag lása as a muinchille gur chuimil sí a gaosán. B'fhacthas díthe go raibh an seomra cineál fuar fágtha le taobh cheann Pheggy, nach raibh scéal ar bith ag siúl leis an tseomra seo, go fóill beag cibé.

Nuair a chuaigh Máirín ar cuairt chuig Ivy an chéad iarraidh, ní raibh ann ach go raibh tógáil a cinn aici, nuair a chonaic sí gur bheag an difir idir an teach seo agus an ceann béal dorais, an teach ar stróc sí féin agus Mícheál an meanach as. Las an aghaidh aici ag smaointiú ar an dóigh a dtearn siad a mhór de na hathruithe nuair a tháinig Ivy ar cuairt chucu féin.

Bhí oíche agus lá idir an teach seo agus ceann s'acusan. Bhí sé seanaimseartha dorcha mar a bheadh an troscán trom ag sú an tsolais as. Bhí achan rud ar dhath inteacht idir donn agus uachtar, agus a bhunús buailte suas in éadan na mballaí. Ba bheag dath eile a bhí le feiceáil, ach sa chaibinéad coirnéil, bhí a lán soitheach agus áilleagán a charn sí, meabhracháin bheaga ar an tsaol a bhí caite aici.

Rinne Ivy tae díthe ina cisteanach bheag ag cúl an tí. Chuir sí síos an citeal sular bhain sí soithí éadroma poircealláin as an phrios os a cionn. Chaith sí cúram leis na soithí ar a raibh rósanna beaga dearga. Bhí a ord féin ar achan rud, cluasa na gcupaí amuigh, spanógaí beaga faofa sin, na sceana agus taobh an fhaobhair amuigh acu fosta. Scal sí an taephota le huisce galach agus a fhad agus a bhí sin ina shuí ar an tábla ag téadh, bhain sí cáca Dundee agus Mr. Kipling's Fancies as prios eile. Fhliuch sí an tae. Bhí a phort féin leis an obair, gligíneacht éadrom na soitheach, plobarnach bhog an uisce.

"Anois," a dúirt sí. "Sin muid. Suigh isteach, a chroí."

Agus dá mbeadh Máirín le céad cuairt a thabhairt ar Ivy, ní thiocfadh athrú ar bith ar shearmanas seo an tae.

Chuir Mícheál thart ina cheann na hócáidí sin a dtug sé freagra ar an doras agus ar an dóigh ar thit an aghaidh ag Ivy nuair nach Máirín a bhí ina seasamh ansin roimpi.

"Níl sí féin istigh?" a déarfadh sí agus nuair nach raibh, thiontaíodh sí ar a sáil ag rá, "Ná buair thusa do cheann anois, beidh mé ar ais nuair a phillfeas sí féin," agus d'fhágtaí Mícheál ina sheasamh ansin mar a bheadh sí ag séanadh a bhith. Thuig Mícheál nach dtiocfaí a bheith ag dúil lena athrach ó bhean dá haois. Ach oiread lena mháthair féin, níor shuim léithe, ná níorbh eagal díthe mórán comhrá a dhéanamh le fear ar bith. Thuig sé nach lena leithéidsean a ligfeadh mná dá gcineál rúin a gcroíthe. Ach níorbh ionann an cás ag Máirín. Ba bheag lá dá dtáinig nach raibh Ivy istigh aici, ar chúis amháin nó ar cheann eile.

De réir mar a chas an aimsir, tháinig athrú ar Ivy. Scaoil an teangaidh aici agus ba í an teangaidh sin a bhí giorraisc agus géar in amannaí, rud nach raibh ag teacht lena dúchas ar dhóigh amháin ná ar dhóigh eile. Ní raibh a fhios ag Máirín caidé a ba údar leis, ach bhí Ivy sa dóigh anois agus gur charn sí gach masla idir mhaíte agus déanta, agus ba í nach ligfeadh dá seanchartacha. Ba í a deirfiúr Iris ábhar a cíortha bunús an ama. Bhí an liodán amháin aici i gcónaí, an dóigh ar bhronn an saol a chuid suáilcí uilig ar Iris, an t-oideachas, an teach breá, na páistí, agus Ivy í féin fágtha gan mhuirín ná céile anois. Chuir an t-iompar sin a sáith iontais ar Mháirín, nó thuig sí ó na comharsain go raibh siad ag teacht le chéile go maith roimhe seo. Dúirt go leor acu gur deas leo chomh doirte agus a bhí an bheirt deirfiúracha dá chéile.

Ach nuair a tchífeadh sí an spideog sin de mhnaoi, an cruth cromshlinneánach, an cloigeann tláithbhán, na súile sin a raibh deoir leo i gcónaí, is cuma cé mhéad uair a chuimil sí iad, ba doiligh léithe a bheith anuas uirthi. Ba í an fhírinne í go raibh laetha ann nach raibh néal uirthi agus gur dhoiligh a theacht ar thaobh na gaoithe uirthi. Ar na laetha sin, b'iomaí comhrá deas sómasach a bhí acu, Ivy ag caint ar an tsaol a chaith sí lena fear Sam agus ar na hathruithe móra a chonaic siad lena linn.

An iarraidh dheireanach a bhí Ivy istigh ag Máirín, bhí sí cóirithe le dhul chuig an eaglais, a cóta maith agus a boinéad dubh uirthi. Bhí a fhios ag Máirín fán am sin go raibh rudaí ag déanamh meadhráin díthe. Ach ní labharfadh an tseanbhean ar a sláinte maith ná olc agus dá gcuirfeadh Máirín in iúl go mb'fhéidir nach raibh an saol ina cheart, ní hí a bheadh sásta léithe. Ar an oíche sin, dúirt Ivy léithe gan buaireamh leis an tae, nach mbeadh sí ag fanacht i bhfad, ach shuigh sí agus shuigh sí, agus soc uirthi chomh fada le bliain. Lig Máirín uirthi nár chuir sé anuas ná suas í fada go leor, ach fá dheireadh bhris an fhoighid uirthi agus dúirt sí:

"Nach bhfuil tú ag dul chuig an tseirbhís, a Ivy, nach mbeidh Heather ag teacht fá do choinne? Beidh sí ag cur iontais cá bhfuil tú."

"Heather?" ar sise go héiginnte.

"Is ea," arsa Máirín. "Bheir sí chuig seirbhís na Céadaoine tú."

"Heather?" ar sise agus í ag éirí ina seasamh. Chuaigh Máirín amach cos ar chos léithe go dtí an doras agus lean Ivy uirthi go dtí an geafta, áit ar thiontaigh sí agus dúirt:

"Bí cinnte nach i ngéibheann a bheas tú ag an fhear istigh," agus shiúil sí léithe.

Ní tháinig Ivy ina cóir a thuilleadh agus ní thabharfadh sí freagra, is cuma cén bualadh a dhéanfadh Máirín ar a doras. Thréig sí an garraí fosta agus cé gur chuir Máirín fiche scrios uirthi roimhe seo, nuair a bhí sí ag iarraidh suí siar ar a suaimhneas, d'amharcfadh sí anois agus arís ar an bhalla a rinne crí idir an dá theach, í ag dúil go n-éireodh tuí geal gruaige ag fiafraí,

"Caidé mar atá na bláthanna ag cruthú?" nó "Nach bhfuil na seilidí damanta i mbliana?"

Chuaigh an t-am isteach agus thug Máirín suas ar a cuid iarrachtaí teagmháil a dhéanamh léithe. Chonaic sí daoine amach agus isteach chuici anois agus arís, agus chuala sí géisc agus bogadach a saoil fríd bhallaí an tí, ach iomrá eile níor chuala sí uirthi go dtáinig fear nár aithin sí go dtí an doras chuici lá. Dúirt sé gur duine de chuid daoine muinteartha Ivy é. Fear beag cúiseach a ba ea é, a d'inis scéal lom gan chraiceann. Bhí Ivy i dteach altranais. Ba é sin mar ab fhearr díthe é, nó níor aithin sí daoine a thuilleadh. Bheadh an teach le ligean ar cíos anois. D'fhág sé slán aici agus thiontaigh sé ar a sháil. Ní bhfuair Máirín faill iarraidh air a theacht isteach, cupa tae a bheith aige, inse dó fán aithne a bhí aici féin ar a aintín, fá na tráthnóntaí deasa a chaith siad i gcuideachta a chéile. Ní bhfuair sí faill an rós buí a thaispeáint dó, an rós a tháinig chun blátha as sliseog bheag a fuair Máirín ó Ivy. Nuair a dhruid sí an doras ina dhiaidh, rith sé léithe gur bhocht an scéal sin sa chathair seo a raibh a cuid cnoc ina bhfáinne gormghlas fána bruach, mar a bheadh siad ag tabhairt croí isteach díthe.